M

MW01241138

La figlia di Heidi

Un romanzo per i bambini e per le persone
che amano restar bambini

Dedicato a Johanna Spyri
"madre" di Heidi

Lupo&SoleEdizioni

INTRODUZIONE

Adesso che Clara cammina? Come continua la storia di Heidi, Peter, del Vecchio dell'Alpe, di Clara stessa e di tutti i personaggi creati dalla penna di Johanna Spyri? Da bambino me lo sono chiesto spesso dopo aver visto l'intera serie a cartoni animati con Heidi protagonista. Da adulto me lo sono chiesto nuovamente, dopo una scorpacciata della medesima serie in compagnia della mia famiglia. Con i miei due figli e la mia compagna abbiamo guardato almeno quattro volte l'intera serie di cartoni animati, finché, immaginando un seguito della storia di Heidi e dei suoi amici, iniziai prima a leggere, poi addirittura a studiare l'edizione integrale del libro di Johanna Spyri. Infine, diedi vita a quel seguito che m'aspettavo, scrivendo le pagine di questo libro.

Mi auguro ed auguro ai miei lettori, che questo racconto piaccia ed emozioni, tanto quanto lo fece e lo fa per me quello che scrisse (quasi centoquaranta anni fa!), l'autrice di "Heidi".

Buona lettura!

Marino Curnis

3

RITORNO ALL'ALPE

Ritornare alla baita ogni estate alla fine della scuola è per me sempre una festa. Inizia a battermi il cuore all'impazzata quando da Maienfeld mi avvio, giungendo a Dörfli. Colta dall'eccitazione saluto in fretta gli amici che mi vengono incontro ed ogni volta riesco a liberarmi dal loro affetto solo raggiungendo il parroco in canonica. Egli è infatti rimasto negli anni l'amico ed il confidente di fiducia della famiglia, oltre che il mio maestro di scuola. Rivolgendomi a lui solo sono certa di ottenere ogni volta notizie puntuali e di prima mano sullo stato dei miei parenti lassù in baita.

Il gentile reverendo mi accoglie sempre con un sorriso affabile che solo il tempo ha leggermente alterato. Ogni volta mi anticipa sulla soglia della canonica, attendendomi a braccia aperte ed ogni volta, dopo un sincero ed accogliente abbraccio, mi guarda in viso e mi dice: «Stai proprio diventando una bella signorina!».

Proprio solo come un caro e vecchio amico può fare, il parroco fa preparare per noi il pranzo all'anziana Barbel, divenuta la sua domestica quando, rimasta vedova e senza figli, non ebbe la possibilità di alcun sollievo familiare (essendo tutti i suoi parenti residenti a Prattigau, mentre quelli del povero marito abbandonarono Dörfli nel corso degli anni). Non ho mai visto di buon occhio Barbel, ma forse è soltanto un mio pregiudizio in quanto era amica della zia Dete. A pranzo, come ogni volta, il parroco m'informa delle novità qui al paesello e m'interroga circa il procedere dei miei studi a Francoforte, dello stato di salute di Clara e sugli ultimi accadimenti avvenuti durante la mia permanenza in casa Sesemann. Come ogni volta, io gli rispondo però distrattamente, impaziente di salire alla baita e di riabbracciare i miei cari. Il buon parroco non tarda a rendersene conto e paternamente mi dice: «Perdona la mia curiosità, mia piccola cara: dimentico sempre che sono passati dei mesi dall'ultima volta che hai fatto ritorno! Avrai senz'altro desiderio di riabbracciare la tua famiglia. Mangia perciò in fretta e non curarti delle mie domande!». Gli obbedisco e finisco di mangiare zitta ed in fretta, cogliendo con la coda dell'occhio il rammarico malcelato di Barbel, che è rimasta la pettegola di sempre. Come ogni volta, lascio a lui le mie valigie colme di regali e di libri che qualcuno verrà a prendere nei prossimi giorni.

Mi libero finalmente dagli svolazzanti abiti di città, troppo scomodi per la montagna e mi avvio di corsa senza prima scordare di riassaporare quella fresca e limpida acqua che sgorga dalla fontana nella piazza del paesello. Poi via, lungo il sentiero a piedi nudi! Non sono più abituata a queste corse su per i monti. Ma posso contare su una piccola sosta a metà strada per salutare la nonna che non ha mai voluto abbandonare la sua povera baracca, neppure quando è rimasta sola. È felice di vedermi, ma mi legge sempre nel pensiero: «Coraggio, vai pure su alla baita, ora che ti sei riposata: saranno tutti impazienti di rivederti. Ma non scordare di venirmi a trovare domani!».

Mi sembra di essere l'agile Bianca Neve, mentre m'inerpico di corsa per quest'ultimo tratto di sentiero. Anche la capretta sale più rapida di chiunque altro quando giunge vicina alla baita. Eccola spuntare piano dal prato, la mia amata baita! Prima inizio a intravedere, dietro al colle, la cima dei tre fitti abeti; poi il tetto e infine la baita tutta intera! Ci sono quasi, ma mi devo fermare per riprendere fiato: non è la corsa, è l'emozione a sfiancarmi ogni volta. Vista da qui sembra sempre la stessa. Persino i tre abeti secolari con i rami lunghi e sottili sono sempre lì, immobili e sempiterni. Vegliano sulla baita e sull'Alpe, sempre più antichi e sempre più silenziosi, incuranti del tempo che passa. Il vento soffia dolcemente attraverso le loro fronde, mentre mi avvicino per rinfrescarmi alla gelida acqua della fontana. Mi asciugo il viso nelle maniche cercando di non disturbare con inutili rumori la pace di questo suono che dopo tanti anni lei, là sotto, ascolta ancora con stupore. Come se non esistesse nessuno, con il cuore colmo di gioia, mamma Heidi è lì, che salta e danza intorno a loro, come spesso l'ho vista fare.

Anche mamma sembra sempre la stessa: ricci capelli corvini come i miei; occhi scuri, vivaci e indagatori; guance rosse come mele entro un volto rotondo. Ma soprattutto il sorriso, quel sorriso che, negli anni, solo la permanenza a Francoforte riuscì a scalfire. Quel sorriso che s'illumina di sole ogni volta che ritorno e che ride, come fanno i suoi occhi pur colmi di lacrime mentre ci abbracciamo. No, mamma non è affatto cambiata: le sue domande si susseguono una dietro l'altra come sempre con le sue premure, così velocemente da non avere neppure il tempo di rispondere: «Come stai? Fatti vedere! Hai mangiato? Entriamo a bere una scodella di latte, così mi racconti. Tutto bene a Francoforte? Clara? Suo marito e i gemelli? E Sebastiano? La scuola è finita; è andata bene anche quest'anno?». Lo diceva sempre anche il nonno:

«Heidi è un fiume di domande e un mare di curiosità». Come sempre faceva lui quando veniva sopraffatto da quelle ondate di quesiti, anch'io, ad un certo punto, mi limito a ripetere semplicemente: «Sì, sì». La baita è davvero sempre la stessa: il tavolo con le quattro sedie; la panca di legno sotto la finestra; il camino con la grande pentola; l'armadio a muro; il letto del nonno che, da quando lui non c'è più, è diventato il mio giaciglio per l'estate. «Peter non ha costruito il fienile nemmeno quest'anno, perciò abbiamo raccolto ancora di sopra il fieno. Il tempo di sistemare la finestrella, però, l'ha trovato, sai!?». Mamma inizia a raccontarmi l'epica tragedia della sua finestrella tonda e senza chiusure: «Da quando Peter è arrivato in questa casa, ha cominciato a fissarsi che da lì entrava troppo vento, ma poca luce e che avrebbe trasformato la finestra allargandola e fissandovi dei battenti...». Questa lamentela non giunge nuova alle mie orecchie: sono quindici anni che la sento ripetere periodicamente. Ma l'attuazione dei suoi piani da parte del babbo, questa sì è una novità! «Posso salire a vederla?». «Certo, che domande!». Il familiare scricchiolio delle scale in legno mi accompagna al piano superiore. Quadrata e ingrandita com'è ora, la finestrella certamente perde in romanticismo, ma non posso dar torto al babbo sul fatto che entri più luce. Anche i battenti sono pratici per ripararsi dal vento. Il lavoro, per quanto me ne possa intendere, è ben fatto: il nonno ha insegnato bene al babbo i trucchetti da carpentiere! Neppure a mamma posso però dar torto: per quasi trent'anni ha dormito qui senza mai preoccuparsi di luce e vento, ricorrendo al limite ad un po' di fieno durante quei pochi inverni che ha trascorso quassù, con o senza nonno. «Dormite sempre qui, anche quest'anno?». Mamma sale qualche scalino prima di rispondere: «Sì. Anche se per il babbo è un po' scomodo scendere e risalire da qui al paese tutti i giorni; ma la baracca della nonna andrebbe sistemata come si deve ed una volta per tutte, prima di trasferirci là. Poi lo sai: il babbo ha promesso al nonno che si sarebbe preso cura della baita e ci tiene a mantenere la promessa fatta!».

La luce sul volto di mamma diventa improvvisamente rossa, come se il suo viso avvampasse di calore. Sollevandomi dal materasso del letto di mamma, sopra il quale mi ero temporaneamente sdraiata, mi dirigo verso la scala: «Andiamo a vedere il tramonto: è da settembre che non lo ammiro più!». «Andiamo! Tra poco arriverà anche tuo padre con le capre e con il tuo vecchio Ottentotto».

Mamma ed io ci sediamo fuori dalla baita, su quella stessa panca dove il nonno amava sedersi fumando la sua pipa, assorto nei suoi pensieri e nei suoi irraggiungibili segreti. Attorno tutto pare bruciare: le rocce, la neve sugli alti monti, il prato e perfino la baita. Poi quello splendore infuocato cambia colore e si tinge di rosa. Mentre il mondo attorno a noi comincia ad ingrigirsi, si sente un fischio accompagnato dal belare delle capre e dal tintinnio di molti campanellini: il babbo sta tornando dal pascolo. Mi alzo e mamma Heidi con me: «Sono contenta di essere a casa!». «Sono contenta anch'io che tu sia qui!».

Arriva babbo. «Buonasera Generale!» gli dico facendo mio come sempre il nomignolo con cui il nonno lo apostrofava abitualmente. «Buonasera Capitano, bentornata! Posso abbracciarti?». Pochi timidi attimi d'abbraccio con babbo ed ecco sopraggiungere geloso e possente Ottentotto. Finisco a terra sopraffatta dalla sua mole: «Buono Ottentotto, buono! Lasciami alzare. A cuccia, Ottentotto!». Deve intervenire babbo per liberarmi dalle dimostrazioni d'affetto del mio cagnone. Finalmente più tranquilli, babbo mi dice: «Hai visto come sono cresciuti anche i capretti di Turchina e Bruna? Mamma ha deciso di chiamarli con il nome delle caprette del nonno: Piccolo Cigno e Piccolo Orso. Ti piacciono?». «Moltissimo!» rispondo io, mentre con mamma le accompagno tutte e quattro in stalla. «Non dimenticarti di dar loro il sale!» mi ricorda mamma, versandomi nelle mani una manciata di quei granelli così appetitosi per le capre. «Io scendo in paese, prima che faccia buio. Hai lasciato come al solito le valigie dal parroco?» chiede babbo. «Sì. Ma sono molto pesanti, questa volta; ho molti libri nuovi». «Allora ne prenderò una per volta. Potrei fermarmi alla baracca da mamma Brigitte, questa notte. Così le faccio compagnia e domattina farò meno fatica con la valigia». «Come vuoi, Peter - risponde mamma Heidi - a patto che domani dedichi tutta la serata a tua figlia!».

Babbo acconsente e ci saluta, seguito al suo fischio da tutta la truppa. Ottentotto, invece, come d'abitudine si dirige al luogo del suo riposo vicino allo steccato: da quando abbiamo portato questo bravo bovaro quassù, dopo la morte di sua madre Engadina, non è mai più sceso al paesello.

Quando babbo e le capre spariscono nella valle, mamma ed io mungiamo Turchina e Bruna. Poi, chiusa la stalla, entriamo a cenare: formaggio fuso e dorato su fette di pane nero abbrustolito; latte per bevanda. Il cibo migliore del mondo! Non c'è che dire: sono proprio a casa!

AL PASCOLO

Il sole spinge i suoi raggi dorati attraverso la finestrella quadrata che mamma lascia d'abitudine sempre aperta, se il babbo non c'è. Quando mi svegliano posandosi sul letto, sul fieno e sul mio volto, mamma è già scesa, mattiniera come sempre e contenta di aver dormito in mia compagnia. «Sembra quando viene a trovarmi Clara: noi dormiamo quassù, l'una accanto all'altra nel fienile, mentre Peter scende un po' arrabbiato a dormire da Brigitte». «Ed io me ne sto tranquilla nel mio letto in cucina, ad origliare le vostre risate!».

Esco alla fontana per lavarmi e sistemarmi. Mi ricordo spesso, quando mi lavo, il racconto di mamma, della sua prima mattina qui all'Alpe col nonno. Il nonno le chiese se volesse andare al pascolo con Peter. Mamma ne fu entusiasta, ma il nonno le disse: «Prima però devi lavarti, piccola! Il sole sta ridendo per quanto sei sporca!». Mamma allora corse a lavarsi. All'epoca il nonno non aveva ancora costruito la vasca della fontana, ma le preparava sempre quella davanti alla stalla, che riempiva con l'acqua della fontana e che lasciava scaldare al sole, così che non fosse troppo gelida per la sua amata nipotina. Mamma, dopo essersi lavata a quello che oggi usiamo come abbeveratoio per le capre, corse dal nonno e gli disse: «Il sole riderà ancora di me, nonno?». «No, il sole non ha più motivo di ridere, ora!» le rispose il nonno, che però scoppiò in una grassa risata vedendo mamma diventata tutta rossa come un'aragosta a causa del sole.

Mentre mi asciugo mi viene un'idea. Appendo l'asciugamano al chiodo infisso nel legno della fontana e corro da mamma: «Che ne dici se salissi io al pascolo con le caprette, oggi? Babbo potrebbe riposare un po', qui con te!». «Per me va bene, ma bisogna sentire anche tuo padre. Eccolo che sta arrivando con una tua valigia!». Dico al babbo del mio progetto e lo convinco facilmente appena anche lui si rende conto che potrà starsene tutta la giornata in compagnia di mamma. Vi fu solo un'obiezione da parte sua: «Nonna però ti aspetta oggi. Ieri gliel'hai promesso, mi ha detto...». «Hai ragione, babbo! Ma posso scendere stasera e stare da lei a dormire!». Babbo è d'accordo. Dice quindi a me e mamma che nel pomeriggio avvertirà nonna, per non lasciarla in ansia. Mamma entra nella baita e torna con in mano il tascapane di babbo pieno ed una scodella di latte: «Ti ho preparato il pranzo, ma prima di partire bevi almeno il latte: non hai ancora fatto colazione!». Trangugio in fretta e mi avvio con le capre, desiderosa di raggiungere il pascolo. Mi guardo in giro, seduta all'omino che ogni anno babbo va aumentando accatastando qui sassi e pietre dal prato. Mi godo la tranquillità della montagna. Il cielo è terso ed il sole illumina la valle.

Il ghiacciaio di fronte sembra eternamente immutato, eppure le sue slavine anni fa hanno portato un grande lutto al paesello. Il babbo ed il nonno si erano rifiutati di accompagnare quei cacciatori forestieri di Zurigo: «È troppo pericoloso!» avevano detto ed avevano avvisato i cinque compaesani offertisi al loro posto: «Fa troppo caldo oggi! La neve si scioglierà e ci sarà il pericolo di improvvise slavine!». Ma quel gruppo di quindici uomini, tra cui il marito di Barbel, aveva voluto andare comunque e non poté nulla quando la slavina si risvegliò dal dormiente ghiacciaio, travolgendolo. Fu un brutto colpo per tutti a Dörfli... Lo sperone di roccia qui a sinistra, invece, per fortuna, non ha mai ucciso nessuno: né uomini, né bestie. Di fronte ad entrambi c'è la vetta, che pare una Dama scolpita nella roccia e nel ghiaccio. Da qui non si direbbe che celi ai suoi piedi un immenso, calmo e trasparente specchio d'acqua.

Anche il pascolo sembra non cambiare mai: un'ampia e ripida distesa verde punteggiata da macchie gialle, rosse, blu, viola e bianche. Ci sono primule, margherite, genziane, prunelle, negritelle, delicati cisti dai riflessi d'oro e qualche rara stella alpina nascosta tra le rocce. Da quando sono nata sono sempre stati questi i fiori che hanno accompagnato le mie estati sull'Alpe. C'è solo un intruso, da qualche anno a questa parte: in una sua visita estiva, Clara recò con sé un vaso di fiori che regalò a mamma. Heidi ne fu contentissima, perché ad entrambe le giovani donne ricordava uno dei più felici episodi della loro vita insieme a Francoforte. Quando, cioè, la nonna di Clara decise di portarle in gita nel bosco. Le due bambine si divertirono parecchio, anche se Clara successivamente si ammalò, affaticata dalle emozioni di quella lunga giornata. Il vaso conteneva, perciò, qualche bianco anemone che lei aveva là raccolto e trapiantato in primavera per la cara amica. Mamma Heidi però non amava vedere quel fiore intrappolato dentro il vaso. Decise allora con Clara di provare a trapiantare gli anemoni vicino alla fontana. Scelsero un luogo che si rivelò in seguito azzeccatissimo. Dall'anno successivo gli anemoni dei boschi attecchirono per tutta

14

l'Alpe, intoccati dalle caprette che non li gradiscono freschi, ma solo essiccati.

Delle caprette non me ne devo quasi occupare quando c'è Ottentotto con me, qui al pascolo. Ottentotto è un cane eccezionale per seguire gli armenti. Ha un'abilità incredibile a mantenere unite le capre: gli basta una corsa tutt'intorno al prato abbaiando ed in men che non si dica tutte le caprette si riuniscono al centro di esso. Posso perciò sedermi tranquilla a riposare finalmente la testa dalle fatiche scolastiche. Mi piace quasi più starmene qui in ozio che non seduta nello studio di Francoforte a scrivere le mie storie e i miei racconti.

Ma c'è un modo ancor più piacevole di fantasticare: mi sdraio qui, nel morbido prato sotto il sole caldo e guardo sopra di me scorrere le nuvole, mosse lentamente dal vento. Attraversano il cielo e mi fanno immaginare mille cose diverse o mi ricordano ciò che ho visto. Mi sembra a volte di essere al finestrino del treno dal quale osservo passare i luoghi, andando o tornando dal paese alla città. Quella nuvola, ad esempio, sembra una carrozza. Quell'altra è un agnellino soffice che zompetta con il suo campanellino. Parlavo di treni ed ecco una locomotiva, che con un alito di vento cambia forma e diventa un vecchio trattore. Altro soffio di vento e la nuvola-trattore viene mangiata da una nube gigantesca a forma di bocca aperta. Il fatto che a questa fanno seguito nuvole a forma di pane, di salumi e di formaggio, di torte, biscotti e dolcetti vari, m'induce a pensare che, forse, si è fatta l'ora di pranzo... Vediamo cosa mi ha preparato mamma.

Nel tascapane di babbo c'è sufficiente abbondanza di cibarie per sfamare me e i due gemelli, se fossero qui.

Ma mi raggiungeranno solo ad agosto: quest'anno il signor Sesemann ed il signor Glück (marito di Clara e segretario del signor Sesemann), faranno ritorno dalla Francia giusto per quel periodo. Katharina mi ha confidato che sua madre Clara è riuscita a convincerli a venire per le vacanze in agosto a Dörfli, suggerendo loro che avrebbero poi potuto raggiungere direttamente da qui l'Italia, per il loro nuovo progetto lavorativo. Chissà se Albert verrà o se dovrà continuare anche in quel mese il suo tirocinio dal dottore.

Starsene in solitudine dopo molto tempo porta ininterrottamente un pensiero dietro l'altro e non mi accorgo nemmeno di mangiare, quasi che la mente sia avvolta in una sottile nebbiolina. È Ottentotto a richiamarmi alla realtà, elemosinando un pezzo della mia carne salata. Come dice sempre mamma: «Non sono più i tempi di Nebbia, che si contentava di mangiar lumache!». Mi alzo per sostituire Ottentotto alle prese con il suo pranzo e conto le capre: «...diciotto, diciannove e venti! Ci sono tutte». Conosco il nome di ognuna, a parte quest'ultima arrivata che lo scorso anno non c'era. Il Vecchio Grigio è destinato ad essere sostituito il prossimo anno: dice babbo che, nella sua carriera di becco attivo e fecondo, ha generato ben trecentocinquantasei capretti! Gli ultimi sono stati i nostri, lo scorso anno: Piccolo Cigno e Piccolo Orso, figli di Turchina. Quest'anno la prima a partorire sarà Macchia, a quanto pare. Ma forse anche Bianca Neve, della discendenza di Fiocco di Neve, tanto amata da mamma. Tra le capre ci sono diverse dinastie che risalgono addirittura a prima che mamma Heidi arrivasse sull'Alpe con zia Dete. È per questo che alcuni nomi sono simili a quelli dei loro progenitori, se non si ripetono persino, periodicamente: Variopinta, Verdone, Bella, ad esempio, sono tra questi. Qualche nome è poco originale: Stella Alpina, Biancolatte, Belato, Duecorna. Qualcuno è al contrario troppo originale. Abbiamo una Bisanzio (della discendenza del Gran Turco dei tempi di mamma). C'è Abbaia, nome dato alla capra del mugnaio dal figlioletto di due anni che, scambiando il capretto neonato con un cucciolo del loro cane, continuò per almeno un paio d'ore a dirgli: «Abaia cagno'ino! Abaia 'baia, cagno'ino!». Non meno particolari sono invece i rimanenti: Eva, Scura e Orecchiuta, riconoscibilissima per le sue grandi orecchie. Chiederò il nome della nuova arrivata al babbo, una volta che saremo tornati alla baita. Ma adesso lasciamo che sia Ottentotto a pensare alle capre: io mi faccio una bella dormitina.

Dopo il tramonto, quel solito quanto splendido tramonto, scendo alla baita preceduta dalle capre e da Ottentotto, che raggiunge il suo angolino accucciandosi. Ad aspettarmi sono gli smaglianti sorrisi grati di mamma e babbo, felici e contenti per il tempo trascorso insieme oggi. Babbo mi chiede se io voglia scendere subito con lui da nonna Brigitte. Annuisco e ci incamminiamo. «Babbo, come si chiama il nuovo capretto?». «Quello?» chiede babbo indicandolo. «È il capretto del parroco, si chiama Adamo. Dal prossimo anno sostituirà come becco il Vecchio Grigio. Quando alcuni parrocchiani gli chiesero di non mangiarselo a Pasqua per allevarlo come becco, il parroco accettò un po' a malincuore. Disse: "Che si chiami allora Adamo e sia il capostipite di una numerosa progenie!". A Pasqua si consolò mangiando un'intera oca che gli stessi parrocchiani gli regalarono al fine di ringraziarlo per la sua rinuncia. Così ora le capre del parroco sono due: Adamo ed Eva».

DALLA NONNA

Nonna Brigitte è felicissima di vederci arrivare. Babbo ci saluta dicendo che passerà dal parroco a recuperare la mia seconda valigia. «Quando arriverai qui lasciamela, babbo: ci sono dentro i regali per la nonna; penserò poi io a portarla su alla baita». Babbo annuisce e con un fischio richiama tutte e sedici le capre, che accompagna come d'abitudine nella piazza di Dörfli. La baracca non è in realtà tale da quando il nonno iniziò a sistemarla forzato da mamma Heidi. Da allora babbo ha imparato molto e la mantiene in ottimo stato grazie a piccole riparazioni annuali. Certo, gli ambienti sono rimasti gli stessi: si entra in una piccola stanza, la piccola cucina con il camino e lo scaffale con i suoi soliti pochi piatti; il tavolo vicino alla porta, prediletto luogo dove nonna siede per occuparsi dei suoi lavori sartoriali. Nell'angolo sul lato opposto è invece rimasto un gran vuoto, il cui ricordo è perpetuato dalla stabile ma inerte presenza dell'arcolaio della bisnonna, che ha chiuso per sempre i suoi ciechi occhi pochi anni prima della mia nascita. L'arcolaio è lì, fermo e pulito: nonna Brigitte lo spolvera ogni giorno trattandolo come una sacra reliquia. La porta accanto conduce alle due stanze. Quella della nonna non è mai cambiata, così racconta babbo, fin da quando il nonno, suo padre, morì. Solo i due letti, che a quel tempo erano uniti in mezzo alla stanza, sono stati separati non appena babbo Peter fu abbastanza grande per dormire da solo. Nonna Brigitte dorme ancora qui, da sola, a parte quando io o babbo ci fermiamo per la notte. L'altra stanza era quella della bisnonna cieca. Anche il suo grande letto bianco è ancora lì, così come i grossi cuscini. Questo letto porta con sé molte storie, nonostante la bisnonna vi dormì poco più di un anno, morendovi, assistita dalle cure e dalla dolcezza di nonna e mamma (anche questo me lo raccontò il babbo). Questo letto è infatti lo stesso in cui mamma dormì le sue travagliate notti a Francoforte; anche se dormire, forse, non è il termine più adatto, considerato che là divenne sonnambula. Ride sempre, oggi, quando racconta di come venne scambiata per un fantasma. Tutti, persino la signorina Rottenmeier, credettero a lungo che un fantasma avesse infestato la grande casa dei Sesemann. Clara ricorda spesso quelle notti con mamma, ma quando quest'ultima inizia a ridere, la bionda amica la rimbrotta: «Non ridevi però così ai tempi del fantasma, anzi, il tuo volto era diventato pallido e le tue guance si erano scolorite. Non fosse stato per papà, che non ha mai creduto alla storia del fantasma, chissà che brutta fine avresti fatto!».

Il letto, come promise nonna Sesemann, arrivò qui al termine di quell'estate in cui Clara iniziò a camminare. Mamma Heidi e nonna Sesemann inviarono un telegramma con la richiesta di approntare il letto per la spedizione alla strabiliata signorina Rottenmeier. Tinette raccontò poi a Clara come la signorina Rottenmeier, mentre lei e Sebastiano preparavano letto, coperte e cuscini, continuasse a ripetere ininterrottamente: «Misericordia! Misericordia... Misericordia!». Chissà se fosse più stupita della strana richiesta d'impacchettare il letto o se, invece, fosse rimasta più esterrefatta di quelle poche righe sul telegramma, che le davano a bruciapelo la sintetica notizia: "Post scriptum: Clara cammina!".

Nonna Brigitte mi ha raccontato più volte di quale grande festa fu l'arrivo del letto, pochi giorni dopo. Al paesello fu un avvenimento: non si era mai visto prima d'allora un letto bianco, così bello e ben rifinito, con tutti quei fiori in rilievo. Anche la bisnonna poteva godere di quei fiori con l'ausilio del tatto, riuscendo a raggiungere, pur stando sdraiata, qualcuno di quelli affissi alla testiera. L'arrivo quasi trionfale del letto in piazza, sopra un carretto, spinse molti curiosi ad uscire dalle case per ammirarlo. Immagino lo stupore ed i pettegolezzi quando si venne a sapere che il letto era destinato alla nonna di Peter! Alcuni curiosi si misero a disposizione per aiutare babbo ed il nonno a portare il letto fin qui. «Sulla portantina che venne improvvisata, il letto pareva un baldacchino dei santi che i cattolici portano in processione!» dice nonna. Il letto è talmente grande che il nonno suggerì di togliere la porta e di allargare l'entrata: avrebbe pensato lui a sistemarla in seguito.

La bisnonna fu contentissima di ricevere quel dono e continuò a ripetere come una litania a mamma, mentre gli altri si occupavano di sistemare il letto: «Non ci sono tante persone buone come te, piccola mia. Non ci sono tante persone buone come te!».

La bisnonna riuscì grazie a quel regalo a sopravvivere all'inverno, riparata dal calore delle pesanti coperte. Si spense l'anno successivo a dicembre, tra le braccia di mamma Heidi, con il volto illuminato di serenità, come se il suo viso fosse rischiarato da quel sole che la cecità le aveva sempre impedito di vedere in vita. «Fu allora che iniziai ad affezionarmi profondamente a tua madre...» continua nonna Brigitte; ma il seguito della sua frase viene interrotto, rimanendo incompiuto, dall'arrivo di babbo. Apre in quel momento la porta della baracca: «Ecco la valigia. Ci vediamo domattina!». Babbo esce immediatamente lasciando la valigia all'ingresso, mentre io e nonna ci guardiamo, stupite dal suo strano comportamento. «Chissà che cosa gli è preso?» domando rivolta a nonna. Brigitte risponde: «Ho messo al mondo Peter trentasei anni fa e ancora non riesco a capirlo! È migliorato molto negli ultimi quindici anni, da quando ha sposato tua madre. Ma ancora ho difficoltà, a volte, a capire cosa pensi o cosa stia provando...». «A proposito, nonna: voglio mostrarti una cosa; è nella valigia». Apro la valigia dalla quale tolgo una fotografia porgendola a nonna che abbandona il pentolone sul fuoco del camino avvicinandosi curiosa al tavolo. «Ma è la foto del matrimonio di Peter e Heidi!». La nonna non sbaglia: fu quello il regalo che il signor Sesemann volle fare ai due sposi. La foto era andata persa, nessuno sa come, fino a riapparire quest'inverno tra le pagine d'un antico libro di famiglia che Clara stava sfogliando. «Clara era felicissima quando entrò nello studiolo mostrandomi la foto!» affermo io continuando a raccontare.

Clara mi affidò la fotografia pregandomi di portarla a babbo e mamma. Sulla foto ci sono tutti: loro due, naturalmente; il nonno, incredibilmente elegante e fiero; accanto a lui nonna Sesemann; nonna Brigitte; il signor Sesemann accanto a Clara che tiene tra le braccia Claire, figlia di Tinette, ed il signor Glück; anche Sebastiano, Johan e Tinette sono coinvolti nella foto, come se fossero vecchi amici di famiglia. Accanto a nonna Brigitte c'è il dottore, con il suo bel bastone dalla testa di cavallo. A quanto mi racconta nonna, il dottore fu l'artefice dell'allegria che questa foto sprigiona: al corrente di ogni aneddoto relativo alla permanenza di Heidi dai Sesemann, scatenò l'ilarità dei presenti (nella foto, gli unici ad avere un'espressione interrogativa sul volto sono il vecchio parroco ed il signor Glück), dicendo: «Sebastiano, cerchi di non mettersi troppo vicino alla sposa: qualcuno qui la potrebbe scambiare per Peter!». Rido anch'io della battuta: mamma sottolinea sempre la somiglianza fisica tra babbo e Sebastiano, nonostante la differenza d'età.

«Ma adesso - continua nonna - è ben difficile confondere Peter con Sebastiano: con quella barbona bruna che si è fatto crescere sul viso, somiglia più allo Zio dell'Alpe che non al maggiordomo dei Sesemann!». Nonna è forse l'unica a chiamare ancora in quel modo il nonno. Lo chiamavano così prima dell'arrivo di mamma sull'Alpe. Di seguito all'arrivo di lei divenne per tutti (ma non per nonna Brigitte): il Nonno dell'Alpe.

Nonna ed io osserviamo a lungo quella foto dalle sfumature grigie. Anche dopo cena, accanto al camino acceso (l'estate ancora non è giunta), ne commentiamo i dettagli. Senz'ombra di dubbio concordiamo che quello ad essere cambiato più di tutti è il babbo. Anche nel suo carattere riservato assomiglia ogni giorno di più al nonno, pur mancandogli l'acume e l'esperienza che caratterizzavano quest'ultimo. Babbo è rimasto sempre una persona semplice. Si accontenta delle sue caprette, dell'estate sui pascoli e di qualche corsa con la slitta sulla neve, d'inverno. Il suo passatempo preferito in primavera è ancora la ricerca e la scelta di qualche bastone robusto e flessibile di nocciolo, che usa per gestire le caprette nonostante le ripetute proteste mie e di mamma.

Grazie a mamma ha imparato a leggere e scrivere, ma, da quando ha terminato la scuola, non l'ho mai visto leggere, se non quella volta che scoprì il mio quaderno dei racconti. Avevo iniziato la scuola da tre anni, quando iniziai a scriverli, traendoli dalle narrazioni del nonno. Il nonno doveva davvero aver visto e fatto molte cose prima di ritirarsi a vivere sull'Alpe. Ma solo a me parlava dei suoi ricordi; di alcuni suoi ricordi, per meglio dire. La mamma ha sempre detto che l'unico vero amico del nonno, il vecchio parroco, gli diceva spesso: «Sei stato in giro per il mondo, hai visto e sentito molte cose...». Ma il nonno troncava sempre l'argomento esclamando succintamente: «Già!». Solo con me si confidava, finché babbo non scoprì il mio quadernetto di racconti. Prima lo lesse senza comprendere a quale fonte attingessi l'ispirazione. Poi, un giorno, mentre stava leggendo, arrivò il nonno. Essendo raro vedere babbo leggere, gli chiese incuriosito cosa fosse l'oggetto della sua lettura. Babbo gli mostrò il quadernetto ed i due compresero che, tramite quella piccola bambina scrittrice che ero io, i ricordi del nonno erano stati condivisi con il babbo. Il nonno smise di raccontarmi i suoi ricordi, ma iniziò a confidare i propri segreti al babbo ed i due divennero amici. Nonna ascoltò in silenzio per tutto il tempo quella storia che prima d'allora non avevo mai riferito a nessuno. Quando la terminai, andando a dormire, nonna concluse tra sé e sé: «Somiglia sempre più allo Zio dell'Alpe, quel benedetto figliolo!».

24

AMICI VECCHI, AMICI NUOVI

Appena mi sveglio, vado alla valigia: ieri, prese com'eravamo a parlare di babbo e del nonno, ho scordato di dare i miei regali alla nonna. Tolgo dalla valigia il lungo vestito da parte del dottore: è un vestito blu scuro, di foggia italiana o francese; senza fronzoli e privo di tutti quei laccetti che vanno tanto di moda oggi tra le gentildonne di Francoforte. Trovo che la sua sobrietà si addica alla magra figura della nonna. Il buon gusto che il dottore ha sempre dimostrato, si conferma nuovamente in questo dono.

L'espressione di nonna Brigitte cambia molte volte in pochi attimi: l'iniziale stupore (dovuto al fatto che sua nipote si sia potuta permettere quel costosissimo acquisto), diventa un malcelato rossore di vergogna quando la nipote stessa obietta che l'acquisto è del dottore; poi si trasforma in una solare contentezza da adolescente, tanto da indurre nonna ad un accenno di danza mentre prova il vestito addossandoselo per ottenere un mio parere.

Nonna ha sempre avuto una forte attrazione per i vezzi della moda, ma l'indigenza nella quale ha vissuto per anni le ha impedito d'esaudirli. «Volevo comprarti un cappellino che s'intonasse a quest'abito, ma si sarebbe sciupato: mi dispiace, ma avevo troppi bagagli questa volta! Ti ho però portato il foglio di una rivista di Clara, sul quale te lo posso mostrare!».

Nonna mi ringrazia per il gentile pensiero poco prima di interrompere bruscamente quel principio di danza, scomparendo nella sua stanza. Ritorna poco dopo con un civettuolo cappellino da bambina tra le mani: «Son passati tantissimi anni! Guarda cosa mi hai fatto ricordare!». Nonna mi racconta come mamma fosse tornata da Francoforte indossando quel cappellino con la piuma, oggi un po' sgualcita. «Heidi me lo regalò ritenendo che il nonno non l'avrebbe riconosciuta con questo sulla testa. Quando il giorno seguente lo dissi allo zio dell'Alpe, lui mi disse di tenerlo, secondo la volontà della bambina. Mi disse di venderlo, se avessi voluto, ma pur facendomi gola i dieci franchi che avrei potuto ricavarne (sai, eravamo molto poveri in quel periodo), non me ne potei separare. Ricordati che è qui, quando avrai una figlia!». Questa volta sono io ad arrossire, mentre nonna ripone il cappello nell'armadio.

Scendendo al paese per prendere le capre, babbo entra nella baracca: «Preparati! Quando ripasso saliamo al pascolo assieme». Il tono è perentorio. Babbo esce immediatamente come fece ieri. E come facemmo ieri, io e nonna ci guardiamo stupite: «C'è qualcosa che non va!» esclama nonna.

Meno di un'ora dopo, io con il babbo e le caprette stiamo salendo alla baita. Indago sul suo stato d'animo provando ad imbastire un discorso, ma tutte le mie domande terminano con i suoi essenziali monosillabi. Il peso della valigia mi convince a rimandare a dopo ogni altro tentativo.

Giunti alla baita prendiamo le nostre capre e si unisce a noi il diligente Ottentotto. Abbraccio e saluto mamma: «Sai cos'ha Peter?» mi chiede un po' preoccupata. Alzo le spalle e scuoto negativamente la testa: «Proverò ad investigare!» sussurro a mamma.

Al pascolo inizio a lavorarmi il mio uomo: la mia tattica prevede di avvicinarlo con un discorso che so stargli molto a cuore, per poi circuirlo con il cibo all'ora di pranzo (in questo il babbo è lo stesso di sempre); infine, affonderò il colpo tallonandolo con una serie di quesiti appena prima che si lasci andare al suo riposino quotidiano.

Il pretesto per dare atto alla mia strategia me lo offre la mattinata appena trascorsa da nonna: «Hai visto cos'ha regalato il dottore alla nonna?». Babbo mi guarda come se non mi avesse visto per tutta la mattina: «Come?». Ripeto la mia domanda. «Ancora regali?» ribatte babbo. «Un regalo solo. Ma che regalo! Un lungo vestito blu da bella signora elegante!» esclamo io. Babbo abbocca all'amo e parliamo a lungo di nonna e del dottore. Mi racconta che sono parecchi anni ormai che questa storia va avanti. Il dottore ha iniziato a venire a Dörfli ogni anno, dopo che Clara iniziò a camminare. Venne una prima volta l'anno successivo al ritorno di Heidi sull'Alpe. Fu quell'anno, qualche mese prima di giungere qui, che sua figlia morì lasciandolo solo e depresso. Il signor Sesemann lo inviò sull'Alpe, con la richiesta di valutare se la vita di montagna potesse essere utile alla salute di Clara. «Da allora fu come se il dottore avesse adottato Heidi» dice babbo. «Prese a farle visita ogni estate fermandosi un mese intero. Il nonno lo ospitava gratuitamente giù alla casa in paese, ma tutti i giorni il dottore saliva alla baita e si intratteneva da buon amico con lui fino al tramonto, quando tornava con me al paesello».

«Per un po' non mi accorsi di nulla, poi, un certo anno, iniziai a notare che anche mamma Brigitte, ogni volta che passavamo dalla baracca, si comportava con lui come se fosse un vecchio amico. Fu quello stesso anno che iniziarono a scriversi una lettera ogni mese e da allora non hanno mai smesso». Babbo s'interrompe un attimo, assorto in chissà quale pensiero. «Ma perché non si sposano?» riprendo io. Babbo mi guarda e riprende il racconto: «Il dottore glielo chiese, a mamma, di sposarlo. Anzi, chiese a me, ufficialmente, la mano di tua nonna! Avvenne un paio di giorni dopo il matrimonio. Durante il pranzo di nozze, il dottore fu di una simpatia straordinaria, continuando ad intrattenere tutti i commensali con frizzi e lazzi. Si pensò che la causa fosse il buon vino, ma qualcuno notò come i suoi occhi dolci e luminosi guardassero nonna allegri ed innamorati. Anche nonna non disdegnava le attenzioni del dottore seduto al tavolo accanto a lei: lo ricambiava con sorrisi che da tempo non le si vedevano in viso. Durante il banchetto il dottore mi si avvicinò con un pretesto e mi disse serioso: "Caro Peter, ho necessità di parlarti a tu per tu, da uomo a uomo. Naturalmente non oggi e non qui. Verrò a farti visita tra un paio di giorni!"».

«Due giorni dopo lo vidi arrivare qui al pascolo. Ci sedemmo ai piedi dell'omino ed il dottore, con voce emozionata e tremante, mi disse che voleva sposare mamma». Babbo s'interrompe con il sorriso sulle labbra, mentre rivive la scena. «Nonna non accettò la proposta?» incalzo io, desiderosa di sapere. Babbo mi narra come il dottore, ricevuto il suo permesso, si diresse l'indomani da nonna, vestito di tutto punto; aveva al collo anche la sua spessa collana d'oro con la grande pietra rossa. Recò con sé un regalo, il primo di una lunga serie. Babbo li lasciò soli e seppe soltanto ciò che gli riferì la sera stessa sua madre. Nonna non fu stupita della proposta, che s'aspettava da tempo. Pure innamorata del dottore, rifiutò però la sua offerta, soprattutto perché non se la sentiva di trasferirsi a Francoforte dove il dottore avrebbe continuato a lavorare, né voleva abbandonare la baracca e tutti i suoi ricordi.

Il dottore al momento non la prese molto bene. Per tre giorni rimase chiuso nella casa in paese: «Mamma mi mandò da lui il quarto giorno, preoccupata che non stesse bene. Quando finalmente mi fece entrare, il dottore aveva un volto sereno. Mi diede una scatolina e mi spiegò: "Brigitte dice di ricambiare il mio amore per lei. Portale questo anello: se lei è d'accordo potremo essere eternamente fidanzati, così che le malelingue non possano spettegolare se noi continueremo ad incontrarci. In questo modo non dovrà nemmeno seguirmi a Francoforte!"».

Babbo termina il suo racconto poco prima di interessarsi al pranzo: «Dall'anno seguente il dottore non fu più ospite alla casa del nonno in paese, ma alla baracca di mamma. Amore e regali non sono ancora terminati da quei giorni!».

Durante il pranzo babbo scherza sui vecchi fidanzatini, mentre io gli parlo di amore senza età e romanticismo. Mi sono quasi scordata dell'intenzione di indagare circa il suo stato d'animo, ma me ne rammento non appena babbo indaga a sua volta circa un mio presunto innamoramento: «Hai la stessa età di tua madre quando ci sposammo, non ci sarebbe nulla di strano!».

Arrossisco ed il cuore mi batte forte pensando al mio innamorato a Francoforte, che forse rivedrò in agosto. Ma non voglio ancora dire nulla a babbo. Devio perciò il discorso sulla bontà del cibo in montagna. Babbo annuisce mentre divora il suo enorme pezzo di formaggio.

Ci sdraiamo pancia all'aria e al sole, rassicurati dall'abbaiare di Ottentotto che veglia sulle caprette. È il momento di coronare il lavoro dell'intera giornata affondando il colpo per ottenere le informazioni ambite: «Cos'è successo ieri? Hai litigato con mamma?». Babbo si solleva appoggiandosi ad un braccio per guardarmi in viso: «Come mai me lo domandi?» mi interroga sorpreso. «È da quando sei tornato ieri dal parroco che hai un'aria pensierosa. Io e nonna siamo preoccupate!». Babbo risponde prontamente: «No, i miei pensieri non riguardano tua madre. Si tratta del parroco. Te ne volevo parlare tra poco ed è perciò che ti ho fatto salire con me al pascolo». Sono sollevata che non si tratti di mamma Heidi; fosse accaduto qualcosa per averli lasciati assieme un'intera giornata, me ne sarei fatta una colpa. «Dimmi, dunque!» incito babbo a continuare. Il cruccio di babbo deriva dall'incontro di ieri con il caro parroco. Invitato dallo stesso, babbo si attardò ricevendo dall'amico due comunicazioni, una positiva ed una negativa.

«A settembre se ne va». «Come se ne va?» obietto. «Considerata la sua età, il nostro parroco ha deciso di ritirarsi in città. A settembre si trasferirà lasciando la parrocchia ad un giovane parroco, a quanto pare molto in gamba». Babbo mi riferisce ciò che si dissero ieri: prima di partire il buon pastore di anime avrebbe dovuto occuparsi di trovare una domestica per il nuovo parroco; ma questo è un problema risolto, visto che Barbel non lo seguirà in città. L'altra problematica da risolvere entro settembre riguarda invece anche me, e secondo il babbo è una notizia positiva: il nuovo parroco non è disponibile ad occuparsi anche dell'insegnamento a scuola. «E perché mi dovrebbe riguardare?». «Perché il parroco vuole che sia tu a sostituirlo come maestra alla scuola del paesello!». «Ma, ma... ho appena finito la scuola a Francoforte...». La notizia mi fa piacere ma ad un tempo mi turba. «Il parroco mi ha fatto tutto un suo discorso, ieri, che non ho ben compreso. Disse che la tua passione per lo studio e per la scrittura ti fanno la candidata ideale. Che a Francoforte non hai ulteriori impegni e che comunque (ed è ciò che più di tutto non ho capito), tanto a Dörfli quanto a Maienfeld c'è bisogno di un medico...». A queste parole spalanco gli occhi, capendo che la confessione con cui avevo aperto il mio cuore all'amico parroco è stata tradita. Per fortuna babbo non ha capito! «...l'esperienza infine verrà con l'età, ma i genitori dei bambini ti conoscono e ti aiuteranno a farti rispettare dai loro propri figli. Cosa ne pensi? Il parroco mi ha pregato di chiedertelo e di farti scendere al paesello per dargli una risposta».

Dico a babbo che ci penserò per qualche giorno; l'idea mi alletta, ma è un grosso impegno. E poi c'è un grosso "se" che vive a Francoforte, ma questo me lo tengo per me...

IL VECCHIO PARROCO

Quel pomeriggio io e babbo continuammo a parlare fino al tramonto ed oltre, condividendo notizie ed argomenti anche a cena con mamma. Una volta messa al corrente di quella bella novità, mamma divenne euforica. Sua figlia sarebbe stata la maestra di Dörfli. Maestra! La figlia di quel Peter che a lungo fu considerato un asino perché non volle imparare a leggere fino a quasi dodici anni. «E qui al paesello, vicino a casa!!!» esclamò mamma.

Babbo, invece, continuò ad essere accigliato. Qualcosa lo disturbava. Ma ci volle ancora che qualche giorno passasse prima di rivelarci il suo stato d'animo.

Babbo stava rivivendo una sorta di parallelo tra la partenza annunciatagli dal suo amico parroco e quella del precedente, caro e fedele amico del nonno. Babbo era immerso in una cascata di ricordi che lo sorpresero sofferente per l'assenza del nonno, cui nel tempo si affezionò moltissimo, in bilico tra amicizia e devozione filiale. Il dispiacere al limite del dolore lo accalappiò a lungo, impedendogli la serenità.

Fu quando il babbo accennò a quella sua tristezza, giorni dopo, che interrogai mamma circa il precedente parroco. Babbo parlando di lui disse infatti un paio di volte: «Quando fu scacciato dal paesello...» e la cosa m'incuriosì.

Mamma non ebbe remore a raccontarmi i fatti. Il vecchio amico di nonno era un brav'uomo, ma aveva un debole che lo condusse in disgrazia. Il vecchio parroco aveva il vizio di alzare il gomito. Nonno se n'era accorto da tempo: durante le sue visite in canonica, l'anziano amico non mancava mai di aprire una bottiglia di buon vino. Fin qui nulla di strano: rientrava nelle sacre abitudini dell'ospitalità. Il nonno, però, aveva notato come, col tempo, mentre il suo bere si limitava sempre ad uno o al massimo due bicchieri (quando la visita s'attardava a lungo), il bere del vecchio amico andava aumentando, giungendo sempre più spesso ai quattro bicchieri pieni.

Il nonno disse un giorno a mamma che non c'era da preoccuparsi poi molto. Le raccontò che esistono al mondo due categorie di bevitori: quelli che amano bere in compagnia o in solitudine, semplicemente per sentirsi meglio ed estraniarsi dalla realtà e quelli che invece sprofondano nel bicchiere la loro rabbia ed il loro rancore contro il mondo. Questi ultimi divengono spesso aggressivi sotto gli effluvi dell'alcool, causando danni agli altri ma anche a sé stessi. Il vecchio parroco era però della prima specie: amava bere in solitudine o in compagnia, facendosi poi passare la sbornia con una bella dormita.

Il problema fu però l'incapacità del parroco di discernere i veri amici da coloro che vollero approfittare della sua ospitalità per bere a sbafo qualche calice di buon vino. Nel tempo, infatti, si creò un certo corteo di alcolizzati che entravano più o meno sobri in canonica, uscendone a tarda ora cantando sguaiatamente e barcollando. Furono questi stessi ubriaconi che misero in giro la voce in paese: il parroco non era un santo bevitore, ma un vero e proprio avvinazzato recidivo della peggior specie.

Quando queste voci giunsero alle orecchie del nonno, quel brillo messaggero fece un bagno rinfrescante nella fontana gelida e innevata in piazza (e c'è chi giura che da allora il malcapitato smise di bere...). Poi il nonno si recò dal parroco, raccontandogli le chiacchiere che giravano sul suo conto. Lo pregò di moderarsi o, per lo meno, di bere nella solitudine di casa sua senza più invitare alcuno.

«Hai perfettamente ragione, fratello!» gli rispose il parroco. «Stringimi allora la mano e promettimelo, caro amico mio!» gli disse con affetto il nonno porgendogli la mano destra. Il parroco gliela strinse e da allora bevve sempre solo, al punto di non offrire più un bicchiere di vino nemmeno al nonno.

Ma ormai la voce era sulla bocca di tutti ed il parroco lo sapeva bene: "Ne uccide più la lingua che la spada"! Le pie donne del paesello, sempre pronte agli eccessi di fervente devozione, senza nemmeno appurare i fatti scrissero una lettera di denuncia additando l'anziano parroco, reo di essere un "pericoloso e lascivo ubriacone" (come scrissero in quella lettera).

Neppure le autorità vollero verificare i fatti e inviarono immediatamente una lettera di via al povero parroco, che la mostrò piangendo ai devoti cristiani nella sua ultima domenica al paesello. «Ma l'infondata denuncia produsse un triste effetto: oscurando tutto il bene che l'accusato parroco procurò negli anni del suo mandato agli abitanti di Dörfli, il giorno della partenza nessuno si presentò in piazza per salutarlo. Vedemmo il parroco uscire con un'enorme borsa in mano, contenente tutti i suoi pochi averi e, dopo che ebbe chiuso la porta a chiave, lo vedemmo girarsi e guardarsi attorno sconsolato. Preso dallo sconforto appoggiò la borsa per terra, asciugandosi le lacrime con un fazzoletto...».

Mamma interruppe il suo racconto profondamente commossa dalla memoria di quella scena. «Voi c'eravate!» dissi per esortarla a proseguire e per distoglierla dalla commozione. «Sì: io, babbo e naturalmente il nonno...».

Mamma riprese a raccontare quella triste storia. Disse che il nonno, dopo essersi arrestato per qualche attimo ad osservare la scena, si avvicinò all'amico. Lo fissò in silenzio negli occhi e gli strinse la mano. Poi prese la borsa e si girò, raggiungendoci vicino al calesse incaricato di recare il vecchio parroco in città: «"Grazie figlioli!" disse a me e a babbo carezzandoci con affetto. Si volse verso il nonno, gli prese la borsa e, spinto da un vortice di sentimenti, lo abbracciò dicendo: "Grazie fratello; grazie amico mio!"».

«Quando il calesse partì, io e babbo ci avviammo per tornare a casa, ancora quella in affitto accanto alla chiesa. Ma ci rendemmo presto conto che il nonno non ci seguiva. Ci voltammo e lo vedemmo lì, dove l'avevamo lasciato. Si girava lentamente, spostandosi di poco e fissando una per una la finestra di ogni abitazione che dava sulla piazza. Il suo sguardo era severo, con un qualcosa di selvaggio, simile allo sguardo dell'aquila. Sembrava dicesse: "Vi vedo, ipocriti, nascosti dietro alle finestre delle vostre case!"».

Da allora il nonno smise, per la seconda ed ultima volta, di recarsi in chiesa. Sarebbe probabilmente tornato a vivere esclusivamente sull'Alpe, se non fosse stato per la scuola di mamma. Babbo ne seguì silenziosamente l'esempio.

LA MAESTRINA

Mamma Heidi ha mutuato dal nonno alcune abitudini che porta avanti con lo stesso fervore e la stessa passione di quando era piccola. Io aiuto lei in queste faccende, ma anche il babbo al pascolo, alternandomi un po' tra questi doveri e lo studio, che rimane la mia principale passione.

Nei giorni scorsi con mamma ci siamo occupate della preparazione del formaggio. Mi stupisco sempre di quanto latte ci voglia per realizzarne una forma. Per non parlare del tempo che risulta necessario in questo lungo procedimento! Prima davanti al fuoco del camino per tenere mescolato continuamente il latte evitando che bruci, come successe a mamma nella sua prima rovinosa esperienza. Poi, quando il caglio ha fatto il suo effetto, togliendo il tutto dal fuoco e versandolo nel grande colino per separare il siero di latte dalla pasta del formaggio che si è addensata. Mescolare con il bastone irto di rametti che sembra una mazza ferrata è la fase più delicata di tutta l'operazione, oltre che la fase più lunga; ma parlare e scherzare assieme a mamma è di sollievo a questa fatica. Bisogna separare continuamente i grumi che il liquido ricavato dallo stomaco del capretto (il caglio) va addensando, così da ottenere una pasta omogenea.

Quando il siero di latte è colato, io e mamma travasiamo la pasta del formaggio nella forma e la schiacciamo di nuovo per far sì che asciughi più in fretta. Al momento opportuno, infine, portiamo la forma sulle mensole della cantina, per la stagionatura. Sarà mio il compito di girare quotidianamente le forme, valutando di volta in volta se salarle o meno per aiutarle a stagionare. Poi con il siero prepariamo la ricotta.

Mamma ripete più volte questa lavorazione nei mesi estivi, con o senza di me. Ha molti bei ricordi di quando mescolava il latte in piedi sullo sgabello, assistita dal nonno: «Ci avessi visto, che coppia strana! Io che non smettevo mai di parlare o di porgli questioni. Lui che mi sorvegliava discretamente, in silenzio o ripetendo dei concisi "sì" per ogni mia raffica di domande; finché di punto in bianco il nonno scoppiava in una grassa e sincera risata prima di uscire dalla baita, lasciandomi sola per qualche minuto».

Mamma, una volta tornata da Francoforte, aveva imparato ad occuparsi della casa, con gran sollievo e soddisfazione del nonno. Rifaceva il proprio letto (nonno le ha sempre impedito di rifare il suo); apparecchiava e sparecchiava la tavola; lavava stoviglie e pentole. Ma non riuscì mai né ad aiutare, né a sostituire il nonno per le pulizie settimanali (almeno finché fu in vita). Per il nonno era una specie di rito, una ricorrenza che aveva luogo il sabato: quello era il giorno in cui egli sistemava e puliva la baita dentro e fuori. Al limite, concedeva a mamma di occuparsi del pranzo; ragion per cui lei decise di non accompagnare più Peter e le caprette al pascolo il sabato, così da poter sgravare il nonno almeno di quell'incombenza. Per mamma il sabato è così rimasto il sacro giorno delle pulizie, ma neppure a me è concesso di aiutarla, salvo che per il pranzo. Perciò babbo è destinato il sabato a rimanere al pascolo solo, in compagnia di Ottentotto e delle caprette.

La domenica, invece, è il giorno di scendere in chiesa

giù al paesello: per il nonno lo fu solo per qualche anno; per mamma è un appuntamento rimasto fisso da quando vi scese la prima volta quella lontana domenica in compagnia di lui. Anche questa domenica io e mamma scendiamo al paesello, ma quest'oggi ho un buon motivo in più: finalmente darò la mia risposta al parroco in merito all'insegnare alla scuola, a partire da settembre. È quasi trascorso un mese da quando babbo mi riferì la proposta del vecchio amico, ma dovevo attendere una lettera da Francoforte, prima di poter decidere.

La lettera è arrivata giovedì, consegnata a babbo dal postino di Dörfli che in questo modo evita da anni di salire fino all'Alpe. La faccia di babbo era buffissima mentre mi porgeva la lettera: era chiaro che morisse dalla voglia d'interrogarmi sul mittente di quella missiva. Sono anni che s'improvvisa portalettere, ma era la prima volta che ne recava una espressamente per me. Non volli però dargli alcuna informazione lasciandolo logorare tutto il giorno su al pascolo nel tentativo di capire chi mi stesse scrivendo. Oh, non lo feci per cattiveria, ma solo perché volli prima leggere il contenuto di quella busta, in seguito al quale mi sarei consultata o meno con mamma su come dare la notizia a babbo.

La domenica che babbo mi narrò le novità del parroco, al termine della messa chiesi con una scusa il permesso di fermarmi in paese. Mamma acconsentì, così potei incontrare il parroco che mi accolse calorosamente nello studio. Barbel non c'era, perciò avemmo modo di parlare liberamente evitando conseguenti pettegolezzi. In un primo momento lo aggredii, un po' offesa che si

38

fosse lasciato sfuggire la mia confessione: «A babbo, poi! Per fortuna che si è fatto prendere da altri pensieri e non si è messo a ragionare sulle sue parole! Ma come le è venuto in mente di dirgli: "tanto a Dörfli quanto a Maienfeld c'è bisogno di un medico"!».

Il povero parroco mi guardò strabiliato: non mi aveva mai vista così adirata prima d'allora, ma non si era nemmeno reso conto d'aver detto a babbo quelle parole: «Davvero, mia piccola cara? Davvero ho detto questo a Peter?». Il parroco fu visibilmente dispiaciuto: «Ne sono affranto. Anzi: contrito, amareggiato, desolato! Ho tradito la tua fiducia! Perdonami, mia piccola cara!». Compresi che stava dicendo sul serio e, considerando che quelle parole passarono praticamente senza danni nelle orecchie di babbo, lo perdonai seduta stante.

Il mortificato parroco, superando l'imbarazzo, mi chiese quindi cosa avessi deciso. Gli dissi che l'idea di diventare maestra mi allettava parecchio, ma che (come il brav'uomo aveva intuito), dovevo prima conoscere le intenzioni di Albert, per valutare se il nostro futuro ci avrebbe potuto condurre a Dörfli. Il parroco mi dette subito ragione e si complimentò per la mia posatezza. Poi mi suggerì di scrivere una lettera ad Albert, ventilandogli la possibilità che si stava aprendo al paesello e l'opportunità che Maienfeld e Dörfli avrebbero potuto offrire in futuro ad un giovane medico. «Scrivila subito, qui. Me ne faccio carico io d'inviarla a Francoforte!».

Accolsi favorevolmente l'idea del parroco e scrissi ad Albert, pregandolo di mantenere per sé la notizia e di non farne parola con nessuno, né con il dottore, né con altri. Gli chiesi anche se ci fossimo rivisti in agosto;

infine sigillai la busta e la consegnai al buon parroco, certa che non m'avrebbe mai più tradito.

Oggi, finalmente, posso scendere da lui con la mia risposta: «Mi ha scritto Albert!» gli dico non appena Barbel e mamma si avviano su per il sentiero dirette da nonna Brigitte. Il parroco, trepidante d'attesa, mi prega: «Dimmi, coraggio, non tenermi ancora sulle spine!». «Albert è favorevole. Dice che il suo tirocinio dal dottore è ormai terminato. Il dottore è talmente soddisfatto delle sue capacità, al punto d'averlo raccomandato all'università di medicina di Zurigo, il cui rettore è un suo affezionatissimo amico. Non solo: ad agosto verrà con Clara, il signor Glück, il signor Sesemann, sua sorella Katharina, il dottore e tutta la servitù per un mese di vacanza da noi!».

Il parroco, con un eccessivo e paterno eccesso di protezionismo dovuto all'esperienza degli anni, obietta: «Che garanzie ti offre, Albert, a sostegno delle sue parole?». Lo posso tranquillizzare: «Albert scrive che ad agosto parlerà con babbo e mamma... chiederà loro il permesso di fidanzarsi con me!».

Il parroco è felicissimo di sentire quelle splendide notizie. Mi suggerisce, pur sicuro che babbo e mamma non avranno nulla da ridire, di metterli al corrente della mia decisione e del contenuto della lettera da Francoforte. Poi mi saluta accompagnandomi alla porta, proprio nel momento in cui Barbel è di ritorno: «Arrivederci a domenica, mia piccola cara maestrina!».

Barbel, sempre assetata di novità da spettegolare in tutti gli angoli del paesello, udendo le parole del parroco s'intrattiene con me qualche minuto, mentre egli si congeda e rientra in casa.

Sto ancora sostenendo gli interrogatori della vecchia domestica, quando riappare sulla porta il parroco con in mano un'altra lettera. Porgendomela dice: «Quasi dimenticavo: è da venerdì che mi scordo di consegnarla a Peter! Viene da Francoforte, è per Heidi».

LA LETTERA

Mamma è già arrivata a casa da qualche ora quando arrivo alla baita. Salendo mi sono fermata da nonna Brigitte a raccontarle la mia decisione di accettare l'incarico di maestra. Per ora ho deciso di non dirle nulla di Albert. Sono anche dovuta tornare indietro perché ho scordato la lettera sul tavolo della sua cucina. Ho sentito a malapena nonna che urlava per avvisarmi. Anche babbo ormai dovrebbe essere di ritorno dal pascolo: il tramonto ha già arrossato le vette e le cime degli alberi.

Entro da mamma che ha appena portato un secchio d'acqua in casa e sta ravvivando il fuoco nel camino. Le porgo la lettera che non s'aspetta. Mi guarda confusa e la prende: «Me la data il parroco; è arrivata venerdì, ma non è riuscito a fartela avere prima».

Mamma prende la lettera, apre la busta e la legge. Sta ancora leggendo quando, allontanandosi dal camino, cerca a tentoni una sedia. Trovatala, la scosta dal tavolo e si siede. Poi mi guarda, con gli occhi bagnati di lacrime, in un silenzio che le è innaturale. La sua espressione muta in pochi attimi diverse volte: a un tratto pare stia per scoppiare in uno dei suoi interminabili e singhiozzanti pianti; ad un altro le si dipingono sentimenti d'ira ed i suoi occhi lucidi assumono un'espressione tipica del nonno; di nuovo si volge al pianto ed improvvisamente pare che sorrida.

Sto per chiederle cosa ci sia scritto in quelle poche righe, quando prevale negli occhi di mamma quello sguardo d'ira ed il foglio si accartoccia tra le sue mani arrabbiate. La mia domanda soffoca in gola, mentre il foglio vola dalle sue mani al camino. Evidentemente turbata scoppia a piangere o a ridere, forse l'una e l'altra cosa. Mi avvicino e l'abbraccio per consolarla. «Che succede, mamma? Cosa c'è?» le chiedo non appena la sento più tranquilla. «Zia Dete. È morta». Conosco chi sia zia Dete, anche se non l'ho mai vista. Mamma, dopo aver saputo dal signor Sesemann che ella aveva addotto una scusa per non riaccompagnarla alla casa del nonno e che aveva addirittura preteso dallo stesso Sesemann del denaro per la compagnia fatta da mamma a Clara, non volle più incontrarla. Né, del resto, zia Dete osò mai più presentarsi a Dörfli. La lettera era stata inviata a mamma dai signori di Francoforte dove Dete aveva continuato a prestare servizio come cameriera dai giorni in cui accompagnò Heidi sull'Alpe. La lettera informava mamma quale congiunta più vicina della defunta e quindi anche sua erede. La invitava ad occuparsi dei funerali della zia, morta per un'improvvisa e sconosciuta malattia. Babbo giunge proprio nell'istante in cui mamma mi sta comunicando la notizia. Non vedendoci all'esterno, si affaccia sulla porta. Senza dire nulla, però, ci lascia sole in fretta, proseguendo il suo cammino con le caprette verso il paesello.

A cena discutiamo della notizia e di zia Dete. Mamma, nonostante il suo buon cuore e la sua fede cieca, non ha mai perdonato la zia. Senza alcuna possibilità di replica, ci comunica che non andrà a Francoforte. Da quando fece ritorno dalla città tedesca, mamma si era ripromessa di non rivedere mai più quei luoghi dove soffrì tanto. Ha sempre mantenuto il suo proposito; l'unica eccezione la fece per nonna Sesemann. Mamma aggiunge che non è sua intenzione occuparsi del funerale né tanto meno voler ricevere un'eredità dalla zia. Babbo, leggendole nel pensiero o semplicemente avendone parlato negli anni trascorsi con mamma, sceso in paese si era già rivolto al parroco per avere suggerimenti. «È l'unica persona di cui mi possa fidare per conoscere le questioni di funerali e pratiche ereditarie». Difatti il gentile amico consigliò di scrivere ai signori di Dete e, con una scusa plausibile, delegarli delle incombenze del funerale, pregandoli di utilizzare il denaro dell'eredità per occuparsi d'ogni cosa e tenendo poi quanto dovesse avanzare a loro proprio uso. «Un po' di denaro piovuto dal nulla, non fa specie nemmeno a dei signori!» aveva concluso il parroco. Mamma abbracciò quel suggerimento e scrisse loro una lettera, pregando babbo di spedirla l'indomani.

Da quel giorno nessuno parlò più di zia Dete.

IL NONNO VA A FRANCOFORTE

La lettera ricevuta ieri mi rammenta l'unica visita fatta da mamma a Francoforte, dopo aver abbandonato la città, eccezione doverosa alla sua decisione di non farvi più ritorno. Mamma portò anche me in quell'occasione, anche se ero ancora piccola. Le immagini di quei giorni, offuscate nella mia memoria, vennero negli anni sostituite dai ricordi narrati da quanti presenti. Quella volta mamma ricevette non una lettera, ma un telegramma da Francoforte: "Nonna serenamente morta stanotte. Funerale giovedì. Vieni, ti prego. Clara Sesemann". Mamma scoppiò in un pianto inconsolabile, questo me lo ricordo. La reazione del nonno quando ricevette la triste notizia, invece no, non la rammento. Ma babbo e mamma me l'hanno raccontata così tante volte che posso rivivere la scena come se la vedessi in questo stesso istante. Eravamo tutti e quattro accanto al camino acceso. Fuori la neve continuava a scendere da giorni e la cucina era il luogo più caldo per ripararsi dal freddo. Il nonno era appena rientrato e, toltosi la giacca, si avvicinò alla stufa: «Che facce lunghe! È successo qualcosa, bambina mia?» chiese a mamma. Lei, che aveva da poco interrotto il suo pianto tra le braccia di babbo, scoppiò di nuovo in lacrime e, non riuscendo a parlare per i singhiozzi, allungò al nonno il telegramma. Nonno lo prese, lo aprì e lesse.
In poche occasioni vedemmo il nonno piangere; quella fu una di esse. Nonno, piangendo, uscì all'aperto. Quando tornò, con gli occhi ancora lucidi, abbracciò mamma dicendo solamente: «Oh, bambina mia!». Poi rimase in assoluto silenzio fino a sera, dopo cena. Fu

allora che rivelò, con gran sorpresa dei presenti, di voler accompagnare mamma a Francoforte. Babbo rimase a casa.

Una volta là, fummo trattati, nonostante le meste circostanze, come membri della famiglia. Ci venne persino richiesto dal signor Sesemann in persona di aiutarlo a ricevere le visite di coloro che sarebbero venuti a porgere l'estremo saluto alla nonna. Stranamente il nonno accettò quell'onere. Altrettanto inaspettatamente fece la sua pur fugace apparizione nel corso delle esequie la signorina Rottenmeier, abbigliata in maniera decisamente impensabile se fosse stata ancora la severa governante di casa Sesemann.

La nonna rimase per tutta la sua vita quella dolce, vivace e gentile signora che mamma aveva conosciuto. Motivo per cui, in quella casa, furono innumerevoli le persone che la piansero. Persino la servitù non riusciva a controllarsi e, di tanto in tanto, Sebastiano, Johan, Tinette, la cuoca e tutti gli altri venivano sorpresi in pianto da Clara che, a sua volta in lacrime, li abbracciava ringraziandoli del loro affetto per la defunta. Mamma Heidi stette accanto il più possibile a Clara, il cui dolore venne rincuorato dalla presenza dell'amica. Mamma si prese cura al contempo di me e dei due gemelli di Clara, Katharina e Albert. Accanto al signor Sesemann stette invece costantemente il suo amico dottore.

Terminati i riti funebri, il signor Sesemann pregò il nonno di fermarci ancora qualche giorno. Il nonno non esitò ad accettare ed anche questo risultò inconsueto agli occhi di mamma.

Nei giorni successivi si svolsero le questioni legali e le

pratiche ereditarie. L'ultimo giorno, racconta mamma, fummo invitati tutti nella sala da pranzo, compresa la servitù. Tutti, con grande disagio da parte del personale di casa Sesemann, vennero invitati a sedersi attorno a quell'enorme tavola completamente vuota. A capotavola si sedette un estraneo che appoggiò vari plichi di documenti ed il testamento che nonna gli aveva dettato una settimana prima di morire.

Il notaio lesse il lungo testamento: nonna Sesemann non aveva dimenticato di lasciare un buon ricordo di sé a ciascuno dei presenti. Anche qualche assente fu però menzionato. Tra questi venne nominato anche babbo: nonna Sesemann, infatti, come gli promise anni prima sull'Alpe, fece scrivere nel suo testamento: "A Peter, il pastore, una moneta da dieci centesimi ogni settimana per tutta la vita".

Il nonno, nel testamento, ricevette un trattamento speciale. Non tanto per il lascito da parte di nonna Sesemann: "la pipa in legno decorato custodita nel cassetto della secretaire della mia camera da letto ed una fornitura del miglior tabacco che si possa acquistare in Francoforte" (di cui lo stesso documento incaricava la nipote Clara). Ma più per gli affettuosi titoli che accompagnavano il nome del nonno nelle ultime volontà della defunta: "amico", "caro", "prezioso".

Il perché di quegli epiteti fu scoperto di lì a poco, quando Clara, attenendosi alle istruzioni della sua amata nonna, si recò a recuperare la pipa per il nonno. Racconta mamma la gioia di Clara, mista ad imbarazzo, quando nell'intimità della sua stanza le mostrò le lettere custodite nella secretaire accanto alla pipa. Erano lettere a lei indirizzate nel corso degli anni dal

47

nonno. I due si erano segretamente amati (e questo spiegò la presenza del nonno a Francoforte), ma consapevoli della loro tarda età e delle troppe complicazioni che l'ufficializzazione del loro amore avrebbe comportato, scelsero di comune accordo di continuare ad amarsi discretamente, celando quel forte quanto meraviglioso sentimento al mondo intero, persino ai loro affetti più cari. Ciononostante, in una di queste lettere i due innamorati fantasticavano di trascorrere gli ultimi anni romanticamente assieme: "vorrei anch'io che tu rimanessi per sempre con me, in questa magnifica residenza che farebbe invidia a un re, come dici sempre tu della mia baita".

Clara consegnò quelle lettere a mamma, promettendole di non dire nulla né a papà Sesemann, né a chiunque altro. Mamma Heidi le prese e le portò con sé a Dörfli. Mi racconta spesso come fu presa alla sprovvista quando confidò quel così bel segreto al babbo, per avere da lui, ormai in confidenza col nonno, un consiglio sul da farsi. Babbo, decisamente di buon umore per il lascito ricevuto da nonna Sesemann, si dichiarò con naturalezza a conoscenza di tutto! Suggerì perciò a mamma di consegnare le lettere al nonno, senza aggiungere alcuna parola. Così fece lei. Il nonno le prese, entrò in camera sua e lo udimmo piangere silenziosamente per alcuni lunghi minuti.

LA SIGNORINA ROTTENMEIER

Ogni volta che mamma ripensa ai giorni trascorsi a Francoforte per il funerale di nonna Sesemann, non può fare a meno di chiedersi il motivo di quella pur fugace apparizione della signorina Rottenmeier alle esequie della nonna. Anzi, un po' tutti i presenti se lo sono sempre chiesto, senza mai venire a capo di una conclusione. Fu infatti la prima ed unica volta dai tempi del suo licenziamento che la signorina apparve nuovamente tra i Sesemann. A tutti è chiaro come la Rottenmeier avesse in astio nonna Sesemann, la cui presenza venne sempre vista da lei come una specie di offesa e disturbo nel governo della casa.

Probabilmente l'ex governante volle soltanto sfruttare l'occasione per affacciarsi a curiosare su quella famiglia che, a suo modo, ebbe in passato molto amato. Le supposizioni in merito furono però varie e diversificate. Il buon Sebastiano, cui la Rottenmeier non piacque mai, rimase convinto che la donna avesse approfittato dell'occasione per verificare se, a distanza d'anni, fosse rimasta Tinette la sua sostituta. Johan, il cocchiere che la denunciò al signor Sesemann, passò invece molte notti insonni, temendo fosse venuta per vendicarsi di lui. Tinette considerò quella visita un affronto alla memoria della defunta ed all'intera famiglia. Il signor Sesemann rivelò invece a Clara, molti anni dopo, d'aver ipotizzato che la Rottenmeier fosse venuta per verificare se tutti fossero fuori casa al fine di attuare in loro assenza qualcuno dei suoi loschi colpi; solo quando rincasarono ed ebbe potuto valutare che tutto fosse in ordine, si sentì sollevato da quel nefasto pregiudizio.

Mamma non suppose nulla, ma per qualche tempo la sua serenità venne intaccata pesantemente dalla vista dell'odiosa donna che le inflisse tanto dolore al tempo della sua precedente permanenza in città. Il baratro dei ricordi le si aprì sotto i piedi e solo la vicinanza del nonno le fu di conforto.

Mamma e Clara parlano raramente della Rottenmeier e quando lo fanno è in genere per dirne peste e corna, cui i fatti rendono ragione. Nei primi anni successivi alla guarigione di Clara, le due bambine, istigate dalla nonna, si misero addirittura ad immaginarsi cosa sarebbe potuto succedere se la signorina Misericordia (come la chiamavano nei loro giochi), fosse salita con loro all'Alpe, quando Clara trovò la forza per guarire. Inventarono addirittura una storia, nella quale la signorina saliva e scendeva tutti i giorni dal paesello all'Alpe, dall'Alpe al paesello. La immaginarono fuggire terrorizzata e schifata dalle caprette lanciate in corsa da babbo, il quale doveva sorbirsela in salita ed in discesa tutti i giorni per obbedire al nonno. Il povero babbo, nell'immaginario di mamma e Clara, giunge esasperato a procurare un paio di scarponi all'ex governante, così da sostituire le inadatte scarpe di città e da riuscire a muoversi più in fretta. Anche il nonno viene coinvolto in questo gioco e convince la signorina Misericordia ad indossare un paio di suoi vecchi calzoni per salire al pascolo, quando una tempesta fa dubitare la donna circa la sicurezza dei bambini. La storia di mamma e Clara non ha però un lieto fine: l'ingombrante presenza della governante impedisce infatti a Clara di guarire ed all'ira di Peter di scagliare nel dirupo la sedia a rotelle.

50

Non che la realtà, relativamente alla signorina Rottenmeier, abbia avuto un lieto fine per lei; ma certamente lo ebbe per la famiglia Sesemann. Gli avvenimenti me li narrò mamma rileggendo alcune lettere che le scrisse Clara. Tutto avvenne l'inverno successivo al rientro di lei, guarita, a Francoforte. La signorina Rottenmeier si fece di giorno in giorno più riservata. Clara afferma nelle sue lettere che la governante, nonostante a parole si dicesse spesso lieta del recupero dell'uso delle gambe da parte della sua pupilla, si mostrasse al contrario importunata nei modi. In pochi mesi prese ad avere meno cura del regime della casa, delegando sempre più sovente certe mansioni a Sebastiano e Tinette. A volte parve a Clara che le importasse poco o affatto di tutte quelle cose che la riguardavano, come lo studio, il cibo, i suoi piccoli progressi. Non che ciò fosse un dispiacere per Clara, che al contrario ne guadagnava in libertà e tranquillità; ma la cosa le risultò strana per le consuetudini della governante.

Al contempo, la signorina cominciò ad assentarsi sempre più spesso. Le sue già lunghe passeggiate in città, nelle quali si faceva accompagnare da Johan con la carrozza, iniziarono gradualmente ad intensificarsi, divenendo quotidiane quando Clara ricevette il permesso di proseguire gli studi alla scuola cittadina. Anche quando era in casa, la signorina Misericordia cambiò abitudini: con maggior frequenza si attardava in camera sua, giungendo talora pure in ritardo a colazione e cena, cosa che iniziò a farle perdere credito tra la servitù. "La cosa ebbe l'ardire d'accadere una volta anche alla presenza di papà e nonna durante le feste di fine anno!" scrisse Clara infastidita in una sua lettera. Il signor Sesemann ne rimase molto offeso, ma il suo rimprovero venne smorzato dall'intervento della sempre gentile nonna Sesemann; chissà che non fosse proprio questa la causa della comparsa della signorina nel giorno del funerale...

Come dissi, Johan era incaricato di accompagnare in carrozza la signorina Rottenmeier nelle sue passeggiate. Fu perciò lui ad avanzare dei sospetti che motivassero quegli inusuali comportamenti che la governante andava assumendo. Ne parlò una prima volta al signor Sesemann, mentre lo riaccompagnava al treno dopo le festività. Il signor Sesemann era ancora adirato ed offeso per il ritardo a tavola della governante in un giorno di festa e se ne sfogò apertamente con Johan, unico interlocutore in quel passaggio. Johan, chiesto il permesso di parlare liberamente al suo datore di lavoro, prese le difese della signorina, che pur non essendogli simpatica, non aveva però mai commesso nulla di disdicevole nei suoi riguardi: «Mi perdoni Signore, ma credo di sapere quale sia la causa dello stato in cui versa la Signorina governante. Come lei permette, l'accompagno sempre nelle passeggiate in città. Inizialmente questo impegno mi richiedeva solo qualche ora, portando la Signorina ora qui, ora là. Poi, come le avrà riferito sua figlia, la Signorina Clara, le uscite iniziarono ad aumentare, sino a diventare giornaliere». Il signor Sesemann che è sempre stato una persona a modo e rispettosa, disse: «Non ci trovo nulla di strano; mi rendo conto che il nuovo stato di salute di mia figlia, grazie a Dio, abbia sgravato di molti impegni la governante. Mi pare giusto che dedichi più tempo alle sue faccende. Ma ciò non deve eccedere creando disagi nella gestione della mia casa!». Riprendendo la parola Johan continuò: «Di fatto non c'è nulla di strano né di male in ciò che le ho riferito fin qui. Anzi, direi che c'è pure lo zampino di Cupido...». Il signor Sesemann (come tutti coloro che abitavano nella casa governata dalla Rottenmeier), aveva evidente il debole nutrito nei suoi riguardi dalla signorina, ma non gli aveva mai dato peso dubitando anche, non senza fondamento, una certa avidità di ricchezza nelle intenzioni della governante. Ma sentendo parlare il suo cocchiere del dio dell'amore romano, si sentì chiamato in causa e sbottò interrompendolo: «Come Cupido?! Che c'entra ora?». «Vede, Signore: da qualche tempo le passeggiate della Signorina governante non sono più ora qui, ora là. Sono invece sempre alla stessa casa e si fanno di volta in volta sempre più lunghe... non so se mi spiego. Insomma, mi permetta di dirglielo chiaramente parlandole da uomo a uomo: credo che la nostra governante, in quella casa, abbia trovato l'amore».

Ad un primo momento il signor Sesemann rimase allibito. Poi, sentendosi alleggerito del non essere più l'oggetto del desiderio della governante, scoppiò in una breve risata liberatoria: «Ah, ah, ah! E brava la signorina Rottenmeier! E bravo anche lei Johan! Può essere; può essere sì, che la nostra governante sia soltanto innamorata! Questo spiegherebbe il suo comportamento degli ultimi mesi e, diciamolo pure, il rammollirsi della sua disciplina! Grazie per l'informazione; lei mi solleva da una grande preoccupazione. Mi tenga aggiornato, ma con discrezione».

Johan colpì nel segno: la signorina Rottenmeier si era perdutamente innamorata di un giovane, un poco di buono di cui si scoprì l'identità solo successivamente. Le visite di lei proseguirono attardandosi dall'iniziale mezz'ora all'ora ed allungandosi alle due ore in primavera. Di pari passo andò scemando il suo impegno verso casa Sesemann, dove, di fatto, era ormai Tinette a governare, incaricandosi dei compiti che la Rottenmeier le delegava. Sebastiano era pure incaricato di disparate mansioni, ma si sentiva talmente alleggerito dalle assenze della governante, che ne coprì spesso pure le mancanze. Anche Clara poteva dirsi maggiormente libera e tutto sommato l'atmosfera in casa Sesemann era ben diversa dai tempi in cui mamma visse là.

La Rottenmeier divenne presto sfuggevole. Cambiò pure gradualmente il suo modo di presentarsi, tanto da scoprire una bella donna che nessuno avrebbe mai ammirato prima, nascosta com'era entro quegli abiti rigidi e morigerati da severa tutrice. Questi andarono trasformandosi in vestiti più alla moda, seppure mai troppo fastosi e colorati. Persino la sua alta ed impeccabile capigliatura vacillò disgregandosi in un'acconciatura meno austera e più sciolta. "Avresti dovuto vedere la faccia che fece nonna - prosegue Clara nella sua lettera a mamma - quando, giunta in visita dopo alcuni mesi, vide la signorina Rottenmeier così radicalmente cambiata! Rimase a bocca aperta per due minuti almeno, poi non riuscì a trattenere un frizzo nei confronti della governante e, sorridendo sinceramente lieta di quella novità, le disse: «Misericordia, cara signorina Rottenmeier! La trovo cambiata!». Nessuno dei presenti poté trattenere una risata, nemmeno la stessa Rottenmeier!'".

Ma quel cambiamento che venne da principio preso per positivo da chiunque, rivelò invece un lato oscuro: la compagnia di quel losco individuo cui la Rottenmeier si era legata, fomentò il suo malcontento nei riguardi dei Sesemann, portandola a delinquere. La governante, infatti, si sentì messa da parte e derubata delle proprie aspirazioni a causa della guarigione di Clara. Questo fu evidente soprattutto nel suo cambiato comportamento nei riguardi del dottore, da lei considerato colpevole di aver mandato Clara sull'Alpe e quindi del suo notevole miglioramento. Il rispetto che lei precedentemente nutriva per quell'uomo, divenne sgarbatezza al limite della maleducazione. Fu proprio lo stesso dottore a lamentarsene con l'amico Sesemann. Questo rancore verso i Sesemann sfociò in misfatto a primavera inoltrata. Fu di nuovo Johan ad accorgersene.

Quel giorno Johan tornò trafelato ed in fretta. Abbandonò la carrozza fuori dal portone di casa Sesemann senza neppure assicurare i cavalli e chiese di vedere subito il padrone di casa, tornato il giorno prima da un suo viaggio in Austria. Sebastiano non fece a tempo ad inoltrare quella richiesta al suo destinatario poiché il buon cocchiere, spinto dalle emozioni, lo precedette entrando in salone, dove Sesemann stava sorseggiando un tè in compagnia della madre e della figlia. Entrato, anzi invaso che ebbe la stanza, ansimante, Johan parlò senza preamboli: «La governante: fuggita! Con la valigetta del denaro!». Il signor Sesemann, non capendo, fece accomodare il cocchiere e gli chiese più precise spiegazioni. Molto confusamente per l'agitazione, Johan elencò i fatti del pomeriggio. La signorina Rottenmeier («Quella canaglia!» come teneva continuamente a precisare l'onesto cocchiere), ebbe l'incarico a pranzo di portare una valigia colma di danaro alla banca di fiducia dei Sesemann. La ladra (come talora l'apostrofava Johan nel suo resoconto), venne incaricata di quell'onere come altre volte successe al rientro dai viaggi del padrone di casa. A differenza del solito, però, nel pomeriggio si fece prima portare alla casa del suo amante, che scoprimmo in seguito a questi fatti essere un noto brigante. «Fin qui nulla di particolare: si sa che quando si è innamorati si vorrebbe essere sempre col proprio amato. Ma dopo poco tempo i due uscirono assieme. Fu la prima volta che vidi quell'uomo, un marcantonio vestito di nero con un'evidente cicatrice sulla guancia sinistra. La Rottenmeier, quella canaglia, venne da me, mentre l'altro delinquente se ne stette ad aspettarla sulla porta».

Johan proseguì il suo racconto, nel quale la governante lo congedò rassicurandolo che Fabian (l'amante), l'avrebbe riportata a casa entro sera. I due si avviarono, ma in direzione opposta alla banca e con un fare guardingo che poco convinse l'onesto lavoratore, cui quel comportamento gli ricordava i bambini che scappavano uscendo dalla pasticceria stringendo in mano il dolce appena sottratto al negoziante. Il sospettoso Johan seguì a piedi con circospezione la coppia che, giunta alla fermata lì vicina, salì quasi subito sull'omnibus per Norimberga. Questo fatto diede al buon servitore la certezza ai suoi dubbi, così che egli tornò quanto più velocemente possibile per riferire l'accaduto al signor Sesemann.

Il signor Sesemann, a questo punto (pur consapevole che sarebbe stato inutile come fu), si recò accompagnato da Johan presso la pubblica autorità, dove sporse denuncia contro l'ormai ex governante e contro ignoto. Ma la puntuale descrizione rilasciata da Johan al commissario della pubblica sicurezza non lasciò dubbi: l'ignoto altri non era che Fabian Fischer, ben noto nell'ambiente come "Dueffe", malandrino d'ampia fama. Il commissario spiegò come, grazie allo sfregio che un rivale gli fece subire, Dueffe, ora riconoscibilissimo, era costretto a nascondersi più spesso ed aveva perciò ridotto le sue malefatte a piccoli furti e truffe. «State però attenti se dovesse presentarsi: ci risulta non si faccia alcun problema ad utilizzare armi ed altri mezzi d'offesa, seppur pare non abbia mai ammazzato nessuno fino ad oggi».

I due amanti, da allora, non furono mai più visti insieme a Francoforte, né tanto meno la valigia col denaro fu mai recuperata. Vi furono però molti cambiamenti in casa Sesemann, a partire dalle serrature che vennero subito fatte sostituire da un abile artigiano assoldato dal padrone di casa. Il posto vacante della Rottenmeier fu affidato a Tinette, raddolcita certo parecchio nei modi per via del nuovo incarico, ma anche per la tranquillità che le derivava dall'avere, da qualche anno, messo su famiglia. Sebastiano, alleggerito dalla novità, sfoggiò sempre cordialità e sorrisi. Johan acquisì la totale fiducia dei Sesemann e, a fronte di un aumento di salario, venne incaricato di portare i guadagni del padrone alla banca, ogni volta che quello tornava da un viaggio. Nonna Sesemann, fino a quei giorni molto combattuta se trasferirsi presso il figlio o starsene lontana per non intralciare soprattutto l'ex governante, cambiò definitivamente il proprio domicilio vivendo fino alla fine dei suoi giorni con il figlio e la nipote.

"Già: andandosene la signorina Rottenmeier non solo cambiò radicalmente se stessa, ma portò grossi cambiamenti anche a casa nostra!" Così concluse Clara, tornando sull'argomento in una sua recente lettera.

TOPI, VIPERE E BACCHETTE

Da bambina dovevo essere un bel peperino. Se non altro ero originale. I miei genitori con il nonno mi portarono già dalla mia prima estate sull'Alpe, così che ebbi a fraternizzare immediatamente con quel mondo. Da subito ebbi il mio daffare con erba e insetti, anche perché quando venivo lasciata per qualche minuto da sola con Engadina, la madre di Ottentotto, la imitavo spesso assaporando qualche esemplare di quegli esserini a sei zampe che passeggiavano ignari nel prato oppure sperimentando il gusto di qualche erbetta, come vedevo fare alle nostre capre.

A volte bastava che mi lasciassero sola per qualche attimo ed io, gatton gattoni, sparivo dalla loro vista. Un giorno mamma, non riuscendo più a trovarmi, iniziò a piangere e urlare. Poi, impotente, si mise a fischiare come mai aveva fatto scatenando l'eco dei monti, che giunse in fretta all'orecchio di babbo su al pascolo e al nonno, sceso al paesello per non so quale faccenda. I due, allarmatissimi, fecero una vera e propria corsa per giungere, l'uno dalla valle, l'altro dalla vetta, in soccorso alla disperata donna che non smetteva di fischiare all'impazzata e scrutare ogni dove. Giunsero quasi in contemporanea e mi cercarono ovunque per oltre un'ora senza alcun risultato. Mamma era affranta, mentre babbo e nonno (discretamente perché mamma non sentisse), iniziarono a fare le ipotesi più assurde: dal rapimento ad opera del grande uccello (così chiamiamo l'aquila che vola abitualmente sopra le nostre teste), alla mia caduta nel precipizio. Fortunatamente le loro macabre ipotesi si dissolsero poco dopo come neve al sole: nonno, ad un certo momento, notò come la porta della stalla (normalmente chiusa quando le caprette sono al pascolo), fosse leggermente aperta. Si avvicinò e spinse i battenti verso l'interno. Il sole entrò con lui dipanando con la sua luce ogni dubbio sulla mia assenza: mi trovarono lì, infatti, addormentata serenamente sulla paglia che mamma aveva appena cambiato, la lettiera per le nostre capre. Quando divenni un poco più grandicella (avrò avuto più o meno cinque anni), pur controllata a distanza da nonno e da mamma, i quali si alternavano in questo ingrato compito e nei doveri della vita in montagna (falciare l'erba per immagazzinare il fieno; procurare la legna secca per cucinare e per scaldare l'inverno...), il mio gioco preferito divenne quello di torturare qualsiasi animale grande e piccolo che avesse avuto la sfortuna di incrociare il mio cammino. Obbligavo, ad esempio, la povera Engadina a portarmi seduta a cavalcioni da una parte all'altra dell'Alpe; cosa che la docile cagna si lasciava fare senza protestare in alcun modo.

Al paesello, essendomi stato vietato dal nonno l'accesso alle capre, tormentavo conigli e galline del parroco: i primi solo da cuccioli, perché i conigli adulti avevano facilmente la meglio su di me graffiandomi con i loro artigli. Li toglievo uno alla volta dalle gabbie e li trattavo come fossero dei micetti, coccolandoli o tentando di far loro inghiottire anche quel cibo ideale per dei gattini, ma non per dei conigli: topini e arvicole, che ero diventata abilissima ad acciuffare. I poveri coniglietti protestavano, finché riuscivano a divincolarsi e fuggire, divenendo spesso, a loro volta, cibo per i gatti di Dörfli, con buona pace del rassegnato parroco.

Alle galline, invece, propinavo delle gustosissime ricette di mia invenzione: minestrine a base d'acqua, erba di vario genere, qualche granaglia che sottraevo alle riserve del povero parroco, terra. Intrappolavo i poveri volatili afferrandoli per le ali e costringendoli ad infilare la testa in una qualche scatoletta di latta, recuperata chissà dove, entro la quale era approntato il mio intruglio. Quasi tutti gli abitanti della piazza del paesello ricordano ancora, ridendo a crepapelle, quella volta in cui una povera gallina con la testa nella scatola riuscì a sfuggire dalle mie mani, correndo e sbattendo ovunque senza riuscire a liberarsi da quell'elmo cieco che le copriva la testa. L'infelice gallina era talmente terrorizzata, che non ci fu più verso di riuscire a prenderla: né io, né l'iracondo parroco, né alcun altro in paese. Fu un forte scontro con la fontana che la stordì rendendola immobile per quel necessario minuto utile a catturarla. Quella sera stessa, però, avrei ricevuto la meritata punizione da babbo: il parroco bussò infatti alla nostra porta al fine di chiedere soddisfazione per conto della pollastra maltrattata; non essendo più l'epoca dei duelli, rimediò il babbo, infliggendomi una sana sculacciata.

Un'altra volta, invece, intervenne per fortuna a proteggermi la mia buona stella, perché avrebbe potuto finire davvero male. Sotto la panchina del nonno, alla baita, avevo scoperto una vipera. Per me si trattava di un innocuo vermicello, non di un velenoso rettile. Quando mi avvicinai alla panchina, subito il serpentello scivolò al riparo di un buco nel muro. Ingenuamente volevo quel nuovo trastullo, così mi armai di un bastoncino per snidarlo ed impadronirmene. Messa alle strette, la povera vipera iniziò a soffiare e ad attaccare il bastoncino. Quando finalmente credetti di aver fatto mio quel nuovo giocattolo appeso al bastone tramite i suoi acuminati denti, allungai la mano per afferrarlo, ignara del rischio di essere morsicata. Venni anticipata di pochissimo da un forte sibilo: il nonno, ritornato in quel momento dalla raccolta dei mirtilli, riconoscendo immediatamente il pericolo cui mi stavo esponendo, vibrò un colpo con il suo lungo bastone, colpo che scagliò vipera e bastoncino a metri di distanza. Poi mi raggiunse consolando il mio pianto isterico, dovuto più allo spavento per il colpo di bastone ed alla perdita del giocattolo che non allo scampato pericolo.

Quando iniziai la scuola (alternavamo l'estate su alla baita e l'inverno in paese), ci pensò il maestro, il nuovo parroco, a darmi una calmata. Gli bastò applicare nei primi mesi l'utilizzo della sua bacchetta correttiva in salice per far capire (prima al mio indifeso fondo schiena, poi a me), che conveniva comportarsi a dovere, dentro e fuori l'aula. Una volta (ero ancora all'inizio della scuola ed ancora il reverendo maestro mi stava "raddrizzando", come usava dire lui ai genitori), tornai a casa tutta felice raccontando che il parroco aveva rotto la sua banchetta. Mamma rise, probabilmente vedendo la mia eccitazione. Il nonno si limitò a guardare il babbo, abbozzando un leggero sorriso sarcastico. Babbo incrociò lo sguardo del nonno ed uscì, sorridendo lui pure. Di lì a poco rientrò in cucina e mi porse una delle sue bacchette di nocciolo, di quelle che utilizza in estate per condurre le caprette: «Domani porta questa al maestro da parte mia. Digli di star certo che non si romperà!». Forse fu quel suo gesto a farmi capire che era tempo di dar retta al mio insegnante (ed alle sue bacchettate…).

Ad ogni modo, la scuola mi piaceva. Amavo scrivere e leggere. Soprattutto scrivere, inventarmi racconti e storie d'ogni tipo, come quelle che il nonno mi narrava confidandosi con me, finché babbo non s'intromise. Il primo a comprendere questa mia passione fu proprio il maestro. Oltre che buoni vicini di casa, il babbo ed il nonno divennero velocemente suoi buoni amici, nonostante non frequentassero più la chiesa. Mamma, invece, continuava a frequentarla ogni domenica, puntualmente, così il parroco-maestro conobbe le principali vicissitudini della nostra famiglia. Gli venne allora l'idea di suggerire prima al nonno, poi ai miei genitori, di mandarmi a scuola a Francoforte, approfittando del legame sempre più stretto con i Sesemann.

In un primo momento furono tutti contrari: rivivevano le emozioni passate ai tempi del soggiorno di mamma Heidi a Francoforte, che avevano recato ad ognuno molta infelicità. Poi lei stessa accennò l'idea del parroco a Clara, in una delle sue lettere. Clara ne fu entusiasta: Albert e Katharina, i suoi figli, di pochi mesi più grandi di me, potevano incaricarsi di accompagnarmi alla loro scuola, che era poi la stessa dove Clara concluse i suoi studi. Inoltre noi tre avremmo potuto farci compagnia: d'inverno a Francoforte e d'estate all'Alpe. A Clara parve davvero un'idea fantastica e ne fece partecipe suo marito, il signor Glück ed il signor Sesemann, il quale commentò: «Sarà come avere di nuovo qui con noi la cara Heidi!». Bastò il tempo della visita estiva dei Sesemann, per convincerci tutti della grossa possibilità che mi si offriva. Iniziai così il mio quarto anno di scuola a Francoforte.

Al contrario di mamma, la vita di città non mi dispiacque. Mi sentii adulata, trattata com'ero da madamigella in quella casa sfarzosa eppure tanto accogliente per via della buona memoria che mamma aveva lasciato. Sebastiano mi viziò con particolare cura rispetto agli altri, ma anche Clara, i gemellini ed il signor Glück mi dedicarono mille premure. Con gli anni crebbi felice, diligente, doppiamente amata tra Dörfli e Francoforte. Poi sbocciò anche l'amore, oculato ed abilmente dosato tra me ed Albert. Solo Katharina se ne accorse, ma mantenne con noi il segreto che chiunque conoscerà l'ormai prossimo agosto, quando Albert si fidanzerà ufficialmente con me: Hannah, la futura maestrina di Dörfli!

IL SEGRETO DEL NONNO

Non posso fare a meno di chiedermi in questi giorni cosa avrebbe detto il nonno (il solitario vecchio dell'Alpe tanto temuto dagli abitanti di Dörfli), se avesse saputo che la sua nipotina sarebbe diventata la maestra del paesello. Con il suo profondo sguardo indagatore avrebbe capito subito la mia felicità, ma avrebbe, forse anche già prima, svelato il mio segreto. Certo lui di segreti ne aveva parecchi e li mantenne tali fino alla tomba, rivelandoli solo a babbo, cui si avvicinò moltissimo negli ultimi anni della sua vita.

Quando nacqui, nonno divenne ancor più dolce e apprensivo con mamma e babbo, ma sempre meno disposto ai rapporti con le altre persone. La vicenda accaduta al suo grande amico, il parroco, lo colpì nuovamente nel risentimento, riportandolo a chiudersi in sé stesso. Rispetto ai primi anni in cui mamma giunse all'Alpe, vi erano però delle differenze sostanziali: i suoi rapporti col mondo lo vedevano fondamentalmente più sereno. Aveva diversi nuovi amici che, pur lontani a Francoforte, ebbero piacere alla sua amicizia. Nel paesello c'era babbo, più di un semplice parente, ed il nuovo parroco, il mio maestro. Lasciò quindi un po' tutti sbalorditi quel giorno, quando ci comunicò che sarebbe tornato a vivere, anche d'inverno, sull'Alpe: «Voglio morire là, dove mi son sempre sentito libero!» ci disse prima di salire alla baita dove babbo, pochi mesi dopo, lo trovò avvolto senza vita nella sua coperta di lana, serenamente seduto accanto al fuoco spento del camino.

I miei genitori erano piuttosto avvezzi alle sorprese del

nonno. In parte perché ultimamente egli lasciava trapelare qualche confidenza in più al babbo, in parte perché negli ultimi anni erano state molte le improvvisate che fece. Anche se "improvvisate" può essere un termine corretto per chi stava attorno a lui, ma non per il nonno, che giungeva a quelle decisioni dopo lunghe ed intime considerazioni.

L'inverno successivo alla mia nascita, ad esempio, il nonno divenne il protagonista di un grosso cambiamento che la mia famiglia subì piuttosto volentieri. Quell'inverno si stava rivelando alquanto rigido, costringendo noi ed altri vicini di casa a condividere quando possibile il nostro tempo incontrandoci nella stalla per scaldarci. Non tutti avevano questa disponibilità: la nostra stalla nella casa in affitto, racconta mamma, era addirittura più piccola di quella della baita ed a malapena ci stavano le caprette; il parroco in quel periodo non aveva ancora acquistato la sua prima capra né aveva perciò un ovile. La stalla più capiente era quella della famiglia Scheuermeier, i cui componenti recentemente si erano dati anche all'allevamento di mucche. Gli Scheuermeier non avevano alcuna difficoltà ad accoglierci nel caldo ricovero, sentendosi ancora in debito con babbo e mamma per le attenzioni che, da bambini, dedicarono alla loro capretta Fiocco di Neve.

Fu proprio in quella stalla, una sera, che il nonno entrò con passo deciso, dando la notizia alla presenza del parroco, di Barbel, di mamma e babbo, mia (ma non avevo ancora compiuto l'anno…), degli Scheuermeier e del fornaio (giunto per caso in visita ai mandriani). Concisamente il nonno diede la novella, lieto nel comunicarla, ma rimandando ogni approfondimento a quando fossimo tutti rientrati dalla stalla nella casa in affitto del nipote del soldato spagnolo: «Ho comprato la casa degli Schmidt, domani andremo a vederla. Poi vi spiego!».

Il tono secco del nonno, pur lasciando i presenti colmi di curiosità, impose a chiunque il divieto di fare domande. Persino Barbel se ne stette zitta. Ma ai presenti non fu vietato di porsi nel proprio intimo mille quesiti. Certo, Barbel si logorò dalla voglia di conoscere il motivo di quell'acquisto, ma, soprattutto, dove il nonno avesse trovato tutti quei quattrini necessari per entrare in possesso della costosa abitazione. Probabilmente tutti i presenti, eccetto il nonno, si domandarono nei lunghi minuti di silenzio che seguirono la notizia se davvero tutte le voci sul suo conto fossero vere. Perché al paesello non solo si raccontava che il nonno dovesse possedere un piccolo tesoro (ottenuto da qualche losco precedente per il quale finì persino in prigione a Napoli), ma se ne dicevano di tutti i colori sul suo conto. Addirittura si vociferava ch'egli avesse ucciso una persona, forse sua moglie o forse suo fratello a Domleschg.

Un fondo di verità in queste illazioni c'era, ma solo babbo venne reso partecipe dal nonno di quei segreti, mentre tutti gli altri ne ebbero accesso tramite quel depositario soltanto dopo la morte di lui. Babbo li condivise anche con me, ma solo in tempi recenti. È vero: il passato di nonno fu molto travagliato e denso di eventi. Nonno era il più anziano di due fratelli. A Domleschg, dove vivevano da sempre con i loro genitori, erano proprietari di una delle più grandi fattorie. Ma nonno era un giovane desideroso di fare esperienze, così iniziò a trascurare il lavoro ed a frequentare delle compagnie di gentiluomini e gentildonne stranieri, iniziando a sperperare il suo denaro. Inizialmente, l'intervento del fratello (più tranquillo e accorto seppur più giovane), sembrò allontanare il nonno da quelle cattive compagnie. Ma poi una di quelle gentildonne lo circuì spillandogli con arte ogni avere ed inducendolo a giocare d'azzardo. Il nonno cadde in quel seducente tranello e perse al gioco la fattoria, rovinando l'intera famiglia. Fu lui stesso a confessare a babbo che i suoi genitori morirono poco tempo dopo, probabilmente a causa delle sofferenze che ebbe loro inflitte. Suo fratello, giustamente adirato con il nonno, lo abbandonò cercando fortuna nella carriera militare. Quando il nonno lo scoprì, anche per riuscire a districarsi da quel mulinello di gioco d'azzardo ed alcolismo che lo stava trascinando sempre più a fondo, decise di seguirlo nell'esercito, arruolandosi come guardia svizzera. Purtroppo i due non s'incontrarono più e nessuno conobbe mai la sorte del fratello.

Il nonno finì in Italia, prestando servizio nel III reggimento del Real Esercito delle Due Sicilie. Giunto a Napoli, visse qualche anno piuttosto tranquillamente, nonostante l'atmosfera odorasse di imminenti e repentini mutamenti. Svolgendo le sue mansioni abituali ed abitudinarie, nonno ebbe modo di ricostruirsi una nuova vita, liberandosi dalle sue biasimevoli abitudini quali erano il bere ed il gioco. Ebbe così la ventura d'incontrare l'amore, la donna con la quale mise alla luce il suo primo ed unico figlio Tobias, il povero babbo di mamma Heidi, il nonno che non conobbi mai. Di questa sua compagna il nonno raccontò poco anche a babbo, tanto che si possono fare su di lei soltanto congetture. Corre voce che lei pure fosse svizzera, probabilmente dei Grigioni. Non è però neppure sicuro che i due fossero sposati, ma la cosa è presa per certa al paesello. È invece sicuro che "la madre di Tobias" (come l'ha sempre definita il nonno evitando per qualche sua profonda ragione di chiamarla per nome), gli lasciò un piccolo tesoro che gli permise anche l'acquisto della nostra nuova casa.

Come ciò avvenne è una lunga storia, la quale ha a che fare con gli stravolgimenti che accaddero in Europa ed in particolare in Italia, nell'ormai lontano 1848. La situazione, in quell'anno, precipitò anche nel Regno delle Due Sicilie. L'esercito cui apparteneva il nonno, venne inviato temporaneamente su ordine di Ferdinando II di Borbone in Sicilia, per sedare quella che venne in seguito chiamata Rivoluzione Siciliana. Nell'aprile dello stesso anno il nonno fu di ritorno in famiglia a Napoli, fortunatamente illeso e nel pieno delle forze. Gli venne infatti permesso di seguire la salma del suo capitano: nonno lo aveva trovato ferito a Palermo e lo aveva salvato. Dopo quell'evento il capitano volle solo il fedele soldato al proprio fianco, il quale si prese cura di lui fino alla morte, sopraggiunta in pochi mesi. Il capitano trascorse quegli ultimi mesi di vita su una sedia a rotelle, impossibilitato dal muovere un solo arto. Nonno se ne prese cura, ma il fatto iniziò a insinuargli un dubbio che si consolidò, purtroppo pesantemente, il giorno delle barricate di Napoli.

Quel giorno, infatti, nonostante la vittoria arrise Ferdinando II, il nonno subì un'enorme perdita e la sconfitta di tutti gli ideali della sua vita soldatesca. La storia è triste e turpe, ma fu così che egli stesso la narrò a babbo. L'esercito di Ferdinando II non solo espugnò le barricate domando la rivolta, ma infierì contro rivoltosi e cittadini oltre le intenzioni iniziali del sovrano. Nonno, appena ottenne licenza dal suo comandante, si diresse velocemente a casa, preoccupato per la moglie ed il neonato Tobias. Man mano attraversava le vie di Napoli, la confusione, il disordine, i morti, i feriti ed altre oscenità che, dall'una o dall'altra parte, quella giornata aveva accatastato, iniziarono ad accentuare le preoccupazioni ed il disagio del nonno. L'apprensione crescette quando, giunto ad una decina di metri da casa, egli vide la porta d'ingresso completamente divelta ed il battente abbandonato in mezzo alla strada. In un primo istante il nonno, per un nefasto presentimento, si sentì mancare la terra sotto i piedi e si fermò, irrigidito. Tornato in sé, qualche istante dopo riprese il cammino, portando automaticamente la mano sull'elsa della sciabola d'ordinanza, assicurata alla cintola. La scena che gli si presentò agli occhi varcando la soglia non sarebbe degna di venir descritta, se non credessi che far memoria delle atrocità che gli uomini si permettono in guerra possa giovare a prenderne coscienza e a non ripeterle. Di fronte al nonno, un ufficiale si stava rialzando dal pavimento, dove giaceva violata ed in fin di vita la moglie del nonno. Tutto avvenne con una rapidità impressionante: l'ira di lui, in un tutt'uno con la sciabola sguainata dal fodero, si conficcò nell'addome di quell'essere spregevole, il quale morì all'istante senza neppure rendersi conto di cosa fosse successo, né tanto meno si poté difendere. Il nonno

70

si accasciò accanto all'amata, picchiata a sangue, per raccoglierne l'ultimo respiro, lasciando la sciabola conficcata nel corpo dell'abietto ufficiale.

Le ultime parole della donna affidarono al nonno il piccolo Tobias (che egli raccolse poco dopo dalla culla), mentre suggerivano al disperato assassino di scappare, prendendo con sé il sacchetto di monete d'oro, eredità dell'amata, dal nascondiglio che le custodiva. Poi l'amata spirò tra le braccia del nonno. Prima d'essere arrestato per l'uccisione dell'ufficiale, il nonno (combattuto tra il profondo amore che lo tratteneva lì, la disperazione e la necessità di mettersi in salvo altrove), prese il bimbo ed il denaro, raggiunse un fidato amico e vicino di casa, glieli consegnò con rapide spiegazioni e lo pregò d'averne cura fino al suo ritorno. Negli anni di prigionia (gli venne commutata la pena di morte in ergastolo per via delle attenuanti), il nonno meditò a lungo sull'idiozia delle guerre e sull'egoismo dell'uomo. Le considerazioni che ne trasse lo trasformarono nel vecchio misantropo che conoscemmo. Come arrivò a Dörfli e come venne liberato di prigione, non fu mai riferito dal nonno. C'è chi sostiene al paesello che fu Garibaldi in persona a farlo uscire di carcere, ma è una delle tante fantastiche voci che ancora circolano a riguardo. È invece vero che giunse qui con Tobias, il quale aveva circa tredici anni. Inizialmente si stabilirono nella stessa casa in affitto del soldato spagnolo. Ma dopo che Tobias morì e con lui, solo due mesi più tardi, morì anche la moglie, il nonno si stabilì all'Alpe, senza più voler scendere. Nel paesello tutti, persino il parroco, considerarono la sua scelta causata dal rimorso per la vita che aveva condotto.

Ovunque si diceva infatti che la sciagura della morte del figlio e della nuora, fossero la giusta punizione meritata da quell'uomo senza Dio. Ma la verità era un'altra: il nonno, lassù, si sentiva libero come l'aquila, lontano dalle nefandezze e dall'idiozia degli uomini che le sue esperienze di vita gli ebbero crudamente mostrato. Ripudiò il mondo degli uomini per abbracciare sé stesso nella sincera pace dei monti.

CORSA CON CAPRETTE

Quest'oggi ricevemmo una visita tanto inaspettata quanto gradita. Scesi al paesello a metà mattina, sia perché mi ero precedentemente accordata con mamma per riassettare la casa (l'arrivo dei Sesemann è ormai prossimo), sia perché mamma si era scordata di spedire la lettera indirizzata a Clara quando scese a prendere le caprette. Oggi, infatti, è andata lei al pascolo, così che babbo possa preparare un po' di legna per l'inverno. Mamma lasciò la lettera in bella vista sul tavolo; chissà dove aveva la testa!

Presi la busta e mi recai prima all'ufficio postale, poi a casa. Mentre stavo chiudendo le finestre al termine delle pulizie, la signora Scheuermeier mi chiamò: «Hannah, che piacere vederti! Come state alla baita?». «Tutto bene, grazie. Novità qui al paesello?». «Le solite cose. Penso che Peter vi tenga aggiornate. Vieni a trovarmi prima di salire, ti devo mostrare una cosa che so ti interessa!». Accettai la proposta e dopo aver chiuso il portone di casa le feci visita.

«Vieni, vieni. Di qua. Sono nati stanotte!». La seguii incuriosita. Superammo la stalla e giungemmo sull'aia. La signora Scheuermeier mi indicò il muro opposto a noi, dove sono le gabbie dei conigli: «Mi dicesti qualche domenica fa che ti piacerebbe provare ad allevarli. Vieni a vedere». Ci avvicinammo e la signora aprì una gabbia. Tra il fieno, vidi un mucchio variopinto di peli, che la coniglia si era strappata per approntare il nido. Allungai la mano per scostarli con delicatezza ed osservare i cuccioli, ma fui bloccata in contemporanea dall'ingresso nel nido di mamma coniglia (arrivata a proteggere i suoi piccoli) e dalla signora Scheuermeier, che esclamò: «Aspetta! Sfrega prima le mani con un po' di fieno: la coniglia non conosce il tuo odore e se lo annusa addosso ai coniglietti potrebbe decidere di non allattarli più!».

Ascoltai il consiglio e solo dopo averne seguito le indicazioni scostai del tutto il pelo, che nel frattempo mamma coniglia aveva leggermente diradato per impedire che i suoi neonati avessero a soffrire il caldo dell'estate. «Che carini! Sono tenerissimi così piccoli!». I coniglietti sono nove, completamente privi di peli, occhi chiusi e tutti stretti stretti, vicini vicini: l'uno accanto all'altro, se non addirittura sopra. Resto pochi minuti ad osservare quell'accozzaglia di colori (nocciola, nero, bianco, grigio, marrone, rosso...), finché la signora Scheuermeier mi avverte: «Conviene chiudere: i primi giorni di vita è meglio lasciarli tranquilli quanto più possibile». Chiudemmo la gabbia e la signora mi mostrò un'altra coniglia lì accanto: «Lei è Tre Macchie; partorirà tra dieci giorni. Se vuoi davvero iniziare ad allevare i conigli, tra qualche mese ti regalo un suo maschio e una femmina dell'altra cucciolata. Procurati le gabbie, intanto!». «Chiederò a babbo di costruirmele». Salutai la signora e mi avviai per il sentiero tutta felice. Era ormai quasi mezzogiorno, così decisi di passare da nonna Brigitte. Arrivai nei pressi della baracca e vidi da breve distanza uscire un uomo elegante e distinto. L'immancabile bastone che portava con sé, me lo fece riconoscere subito: «Dottore! Dottore! Benvenuto!» urlai in sua direzione affrettando il passo per raggiungerlo più in fretta. Lui e nonna, sorpresi dalle mie grida, si girarono verso di me per accogliermi. La gioia dell'incontro è sempre smisurata quando rivediamo, dopo più o meno lunghi periodi, le persone che amiamo o semplicemente stimiamo! «A cosa dobbiamo il piacere di questa visita?». «Ho deciso che alla mia età, conviene concedersi maggiore riposo. Sai bene che tutti gli anni vengo ad agosto a visitare tua nonna e tutti voi; sono ormai molti anni. C'è un dottore che mi sostituisce a Francoforte. Quest'anno gli ho chiesto se volesse occuparsi lui dell'ambulatorio anche per qualche giorno in luglio. Ha accettato. Eccomi dunque qui, in anticipo sui Sesemann!».

Nonna fu ovviamente felice di vedere il suo innamorato anzitempo e l'avrebbe trattenuto a pranzo, ma il dottore era impaziente di salire all'Alpe a salutare mamma Heidi, che ormai da anni trattava come fosse sua figlia. Proseguimmo perciò assieme verso la baita, nonostante l'avessi avvisato della odierna assenza di mamma. Mentre salimmo, il dottore, nutrendo anche qualche sospetto circa una mia possibile infatuazione per Albert, prese a parlarmi di lui e degli ottimi progressi che aveva fatto nel corso del suo tirocinio presso l'ambulatorio. Mi disse che era stato ben felice di raccomandarlo all'università e che era sicuro sarebbe diventato un ottimo medico. «L'ultima mattina del suo tirocinio - proseguì a dirmi il dottore - gli dissi che, data la mia età, non appena laureato gli avrei ceduto volentieri l'ambulatorio. Avrei creduto di incontrare il suo entusiasmo, invece, lo vidi quasi dispiaciuto e molto imbarazzato nel replicare. Ci rimasi male, anche perché se ne uscì di corsa dicendo che aveva fretta e che ne avremmo riparlato». Rimasi ad ascoltarlo con apprensione fino alla fine, temendo che Albert, alle mie spalle, avesse accettato la gentile proposta del caro dottore. Quando però il racconto fu terminato, mi sentii talmente rinfrancata nell'animo, che gli dissi per consolarlo: «Caro dottore, vedrà che quando anche Albert sarà qui, le sarà tutto più chiaro!». Il dottore mi guardò in volto con fare interrogativo, sorridendo al tempo stesso come se sapesse già a cosa alludevo.

Giungemmo alla baita e trovammo babbo che pranzava con pane e formaggio, seduto sulla panchina come fosse il sostituto del nonno dell'Alpe, cosa che in un certo senso lo è anche. Tra la porta d'ingresso e la stalla, sparpagliata sul prato, era un'enorme quantità di legna spaccata da poco, mischiata a schegge e pezzettini di legno vari. La scure si trovava infissa in un ceppo. Babbo aveva già accatastato un bel po' di legna e, a giudicare dalla segatura attorno al cavalletto sul quale sega prima di spaccarli i tronchi d'albero, doveva aver già fatto un gran lavoraccio!

Quando ci vide arrivare, il babbo (che in fondo è sempre rimasto un timidone), cercò di nascondere il suo cibo sentendosi a disagio. Il dottore, giunto allo steccato, gli disse: «Non farti problemi, Peter, mangia pure tranquillo e buon appetito!». Babbo rise portandosi la mano destra dietro la testa e sfregandosi i capelli, come gli ho sempre visto fare quando è imbarazzato. Poi sbocconcellò il suo pasto tenendolo nell'altra mano.

Io entrai a preparare un pranzo altrettanto frugale per me ed il dottore, mentre questi si accomodò accanto a babbo. Rientrai a prendere una scodella di latte fresco per il medico, che so esserne ghiotto. Quando uscii i due avevano intavolato un discorso basato su un comune vissuto, di cui non ero al corrente. «Quando l'ho vista arrivare da lontano accompagnato da Hannah, ho temuto per un istante che fosse venuto a propormi una gara come l'altra volta!». «Ah, sì, la gara! Quanto tempo è passato!». Cercai d'intromettermi nella conversazione: «Di quale gara state parlando?». Ma i due continuarono quasi ignorandomi: «Ho rivisto Franz due settimane or sono. Gli ho detto che t'avrei fatto visita e mi ha pregato di portarti i suoi saluti. Tiene anche a farti sapere che quest'anno ha partecipato alle selezioni per la seconda olimpiade, ma non l'ho più visto e non conosco se sia stato ammesso tra gli atleti». «Quando ripenso a quella gara - riprese babbo - la prima cosa che mi torna alla mente è quando lei uscì dall'osteria giù al paesello. Io stavo riconducendo le caprette dai pascoli e lei mi si parò dinnanzi, un po' alticcio, me lo lasci dire!». Il dottore si mise a ridere, mentre io mi limitavo ad ascoltare attentamente: «Caro Peter, domani abbiamo una gara!» «Già, mi disse proprio quelle esatte parole!». Babbo ed il dottore mi raccontarono quella simpatica avventura che, per i pochi anni che avevo allora, non posso rammentare. Il dottore si era recato all'osteria su invito di un tedesco, conosciuto per caso giorni prima a Maienfeld. I due avevano fatto amicizia e si erano dati appuntamento per quel giorno, decisi ad assaporare del buon vino. Il tedesco aveva iniziato a decantare il suo giovane figlio, a detta sua un campione ineguagliabile nella corsa campestre. A causa del vino, il dottore iniziò a contrapporgli Peter, tessendone le lodi per la sua nota velocità nel correre su e giù per le montagne, dietro alle capre. Bevi e chiacchiera, chiacchiera e bevi, il discorso si era talmente infervorato che i due, all'insaputa dei rispettivi favoriti, stabilirono come l'indomani quelli avrebbero gareggiato, dimostrando chi tra i bevitori avesse ragione. Non solo: il tedesco scommise a voce alta che, se avesse perso suo figlio, avrebbe pagato da bere a tutti gli avventori presenti nell'osteria l'indomani. Il dottore non volle essere da meno e scommise la stessa cosa, qualora lo sconfitto fosse risultato Peter.

Figuriamoci la gioia degli astanti che in un caso o nell'altro avrebbero guadagnato una bevuta a sbafo! Appena sentirono la notizia, si trasformarono immediatamente in testimoni, giudici e tifosi, chi dell'uno, chi dell'altro partito. Quando dunque il dottore diede la notizia a babbo, il tutto era già fissato: il giorno successivo, alle sette del mattino, Franz e Peter avrebbero gareggiato. Il punto di partenza fu stabilito nella piazza di Dörfli, mentre l'arrivo sarebbe stato alla baita dell'Alpe. Babbo, suo malgrado, accettò di partecipare per non mettere in difficoltà il dottore. Scese come ogni altro giorno al paesello, ma si rese presto conto che ormai la gara aveva coinvolto un gran numero di semplici curiosi e di interessati alla bevuta promessa: lungo il sentiero che collega Dörfli all'Alpe, si erano appostati qua e là gli abitanti del paesello, qualche villeggiante di Maienfeld ed un nutrito gruppo di suoi rappresentanti. Giunto alla baracca, gli venne incontro il dottore, accompagnato dal tedesco: sarebbero saliti alla baita per non avere dubbi su chi fosse stato il vincitore. Peter arrivò in piazza, dove gli venne subito indicato Franz. Il via venne dato dal parroco, anch'egli coinvolto in questo diversivo alla monotonia.

«Via!». I due partirono in corsa e fino alla baracca si alternarono, sempre di pochi metri, l'uno innanzi

78

all'altro. Il dottore tenne a sottolineare: «Quanti li avessero osservati attentamente, si sarebbero però accorti che mentre Franz (pur nella sua tenuta da atleta), iniziava a bagnarsi di sudore, Peter (nei suoi abiti logori da pastorello), non ne aveva nemmeno una goccia!». Poi il dottore proseguì il suo racconto appassionato secondo quanto gli riferì Brigitte. La donna attendeva il passaggio dei corridori sulla porta della baracca, parteggiando logicamente per il figlio e per l'amato: «Brigitte vide giungere Peter davanti a Franz. Ad un tratto, inaspettatamente, Peter si fermò; mentre Franz lo superava, si girò e si mise a correre in direzione opposta, scendendo verso il paese. Franz, giratosi nel mentre e vedendolo scendere, dopo un attimo di smarrimento (che valse a Peter almeno una decina di metri di vantaggio), si girò lui pure inseguendo l'avversario».

Franz non era mai stato sul sentiero prima d'allora (spiegò poi lui stesso al dottore), credette dunque che la baracca fosse la baita sull'Alpe pur non vedendo né suo padre, né il mentore dell'avversario; pensò che babbo, giunto là prima di lui, volesse umiliarlo sfidandolo al ritorno e lo seguì. Ma babbo, giunto in piazza tra lo stordimento generale, salì sulla fontana e lanciò il suo fischio: «Nell'emozione della gara mi ero scordato di prendere le caprette!». «È inutile - scherzò il dottore rivolgendosi a me - Peter è proprio un pastorello irrecuperabile!». Risi a mia volta, mentre il racconto proseguì: «Peter aveva raggiunto un distacco tale da Franz che il ragazzo non era ancora arrivato in piazza quando incrociò nuovamente il suo rivale, il quale correva in senso contrario con le caprette, deciso a riprendere la gara!».

Franz, confusissimo (ed a questo punto pure molto arrabbiato), credendosi deriso, si rimise sui propri passi correndogli dietro. «Peter e Franz corsero in mezzo alle caprette che li circondavano in tutto un tintinnio di campanelli, alternandosi tra loro nell'anticipare i due antagonisti» racconta il dottore. «La gara divenne poco a poco molto appassionante e la gente ai margini del sentiero incitava ora Peter, ora Franz, spronandoli a dare il meglio che fosse loro possibile. Giunti di nuovo alla baracca erano testa a testa; le caprette euforiche li seguivano, anch'esse immerse nella gara. Quando li vedemmo in prossimità della baita, io ed il padre di Franz scattammo in piedi, seguiti da tutti i presenti. Nelle ultime decine di metri, i due si alternavano superandosi continuamente». «Su, dottore, non mi lasci a rosolare sulla graticola! Chi vinse, babbo o Franz?». «Venne decretato il pari merito» disse il dottore. «Anche perché così poterono dividere a metà le spese all'osteria!» ironizzò babbo. «Vero. Ma tuo padre ci stupì tutti: Franz era bagnato, fradicio di sudore da capo a piedi e visibilmente provato da quella prestazione sportiva. Anche Peter giunse sudato, seppur non così tanto come il suo avversario. Ma il suo respiro era piuttosto regolare nonostante il notevole sforzo fisico appena fatto. Ricevettero entrambi i complimenti dei presenti; tuo padre si dissetò alla fontana, entrò da Heidi e ne uscì con il suo tascapane. Fischiò radunando le capre e ripartì (non ci credo quasi ancora oggi!), ripartì correndo al pascolo con le sue caprette!!!». «Ero dannatamente in ritardo!» si scusò il babbo.

I ricordi comuni si susseguirono tutto il pomeriggio, uno

dietro l'altro come ciliegie a merenda. Finché verso sera giunse mamma, che non appena riconobbe il dottore gli si gettò braccia al collo felice di rivederlo: «Non piangere Heidi cara o commuoverai pure me!». «Dottore! Quest'anno non ci ha fatto visita nemmeno in inverno. Mi è mancato tanto!». Il dottore mise al corrente mamma della sua lunga vacanza di quest'anno e poi prese commiato, dicendo che sarebbe tornato presto per parlare con mamma e sentire dalla sua voce le novità. Con la scusa di sostituirla, proposi a mamma di accompagnare io il dottore, curiosa di conoscere se fosse alloggiato al paesello o alla baracca da nonna Brigitte. Giunti a quest'ultima, egli mi salutò ed io proseguii con le caprette, immaginandomi la gara appassionante cui non ebbi modo di partecipare; fino a quest'oggi.

OTTENTOTTO

Oggi tocca a me salire al pascolo. Mamma vuole restare a casa per incontrare il dottore, mentre babbo scenderà al paesello per scambiare del formaggio con della carne salata da tenere in baita. Risalendo lo scorgo dalla baracca scendere con la gerla colma sulle spalle. Mi sono fermata qui con le caprette per avvisare il dottore che mamma lo aspetta alla baita, in giornata.

In montagna il tempo cambia in fretta e, infatti, la mattina assolata cede il passo verso mezzogiorno a grossi nuvoloni che promettono di rovesciare a breve tutte le tinozze d'acqua del paradiso. Il comportamento degli animali mi suggerisce di ripararmi sotto le rocce ed attendere di consumare là il mio pranzo: le caprette, piuttosto agitate, si stanno già dirigendo alla Grotta, come babbo chiama quel riparo. Inizio a mangiare scaldata dalla vicinanza e dall'alito caldo di Bella, Turchina e Biancolatte. Per l'intera durata del mio pasto (e del temporale), anche Ottentotto mi sta accanto; poi, improvvisamente e stranamente, il buon bovaro nero se ne va da lì, scendendo in direzione della baita; almeno così immagino. È inusuale un comportamento del genere da parte sua: non si è mai allontanato da solo quando siamo quassù. Pazienza, lo rivedrò stasera.

Spiove e le caprette se ne escono dal riparo. Il sole torna a splendere ed il caldo sopraggiunto (tra pochi giorni saremo in agosto), le spinge a brucare l'erbetta bagnata che offre loro un po' di sollievo. Nel pomeriggio ho però il mio bel daffare senza Ottentotto. Eva, sospinta da un eccesso di passione del Vecchio Grigio, ha rischiato di finire nel torrente, ingrossato dalla pioggia. Li ho fermati giusto in tempo. Stella Alpina per brucare la sua erbetta preferita si è arrampicata sopra la Grotta e non riusciva più a scendere. Ho dovuto salire anch'io e ridiscendere pian piano tirandola per le corna. Ho preso una paura quando il sasso sopra il quale avevo appoggiato il piede sinistro ha ceduto: siamo scivolate giù entrambe per un paio di metri, ma per fortuna il piccolo pianoro ha bloccato le nostre capriole. Quando siamo giunte in salvo, metà della truppa se n'era salita al laghetto. Così ho richiamato l'altra metà con un fischio e siamo salite tutte là.

Il lago mi ha ripagata della fatica e dell'apprensione che non fosse accaduto nulla al resto delle capre. I riflessi del sole sulle acque calme e cristalline sono tutto uno scintillio. Il riverbero della luce è talmente forte da impedirmi di ammirarle a lungo, come fosse neve in una tersa giornata invernale. Questa bellezza mi distrae diverse volte, così come le marmotte che appaiono e si nascondono lungo i versanti delle cime che scendono tuffandosi nel lago. Perciò devo ricominciare almeno tre volte a contare le caprette per assicurarmi che ci siano tutte. «Diciannove! Ne manca una; ne manca una!». Mi ci vuole un attimo per ricordarmi che Abbaia è stata venduta dai suoi proprietari al macellaio di Maienfeld...

Tra tutte queste corse ed incombenze, il pomeriggio passa in fretta e lascio il laghetto verso sera: ultimamente, d'accordo con i paesani che ci affidano i loro animali, abbiamo deciso di riportarle prima del tramonto, che riusciamo così ad ammirare dalla baita.

Quando arrivo alla baita non c'è nessuno. Mamma, mi

dico, sarà scesa alla baracca per incontrare il dottore e nonna Brigitte. Ma quando arrivo alla baracca, non trovo nessuno nemmeno là. Immagino saranno andati al boschetto per raccogliere i mirtilli, ne vanno ghiotti tutti e tre. Ma neppure al ritorno trovo qualcuno. Né alla baracca, né alla baita. La cosa che più d'ogni altra non mi torna è che anche Ottentotto è assente. Provo a fischiare ed a chiamare sfruttando l'eco dei monti: se Ottentotto è con loro, mi sentirà e mi raggiungerà tra non molto. Ma prima di Ottentotto mi raggiunge il tramonto...

Sono preoccupatissima, ma sarebbe poco intelligente mettersi a cercarli col buio, tanto più che è luna nuova. Meglio pazientare. Entro nella baita ed apparecchio per la cena: per me, per mamma e per babbo. Anche lui non è ancora tornato! Temo possa essere capitato qualcosa.

È notte fonda quando mi sveglio di soprassalto per l'abbaiare di Ottentotto: mi sono addormentata nell'attesa. Esco in fretta, curiosa di vedere se il cane sia solo, se stia bene, se mamma e babbo siano con lui. Come apro la porta, le zampe anteriori di Ottentotto si appoggiano sulle mie spalle ed il cane mi lecca per festeggiare il suo ritorno. Guardo dietro di lui mentre lo accarezzo, ma non vedo nessuno. «Dove sono mamma e babbo, Ottentotto?». Come se avesse capito la mia domanda, il cane si lancia abbaiando verso valle, fermandosi poco dopo all'altezza di un lumino, che solo allora vedo scintillare. Corro dunque in quella direzione curiosa di sapere chi ci sia e cosa sia successo.

Alla fievole luce del lumicino, mi accolgono non due, ma quattro volti dai sorrisi affaticati: mamma ed il dottore ai quali si regge babbo zoppicante, mentre nonna

Brigitte fa loro strada illuminandola: «Cosa vi è successo? Mi avete fatto preoccupare! State bene?». Mi tranquillizzano tutti. Nonna aggiunge «Quel testone di tuo padre sarebbe salito fin qui da solo pur di non lasciarti in pena!». Mamma le fa seguito: «Gli abbiamo proposto di starsene giù a casa, ma non c'è stato nulla da fare». Babbo si schernisce un po' imbarazzato: «Queste donne mi avrebbero dipinto come in fin di vita nonostante il dottore. Non volevo correre il rischio di farti preoccupare per nulla!». Anche il dottore conferma, mentre aiutiamo babbo a salire al fienile: «È solo una brutta slogatura, non preoccuparti. Dopo che l'abbiamo trovato seguendo Ottentotto, ha ripreso subito i sensi ed ho avuto quasi tutto il pomeriggio per valutare che si è rimesso in salute».

Mamma mi chiede di riaccompagnare nonna ed il dottore alla baracca, ma quest'ultimo me lo impedisce: «Siamo vecchi, è vero, ma non decrepiti al punto che ci serva un'infermiera. Piuttosto, mi raccomando: domani non lasciatelo salire al pascolo; che stia a letto e riposi! Fateci sapere come sta quando scenderete per le caprette».

Quando il dottore e nonna se ne sono andati, chiedo a mamma di raccontarmi tutto, ma lei mi prega di lasciarla andare a dormire: «Sono molto stanca, bimba mia!». Obbedisco, ma la mattina sono sveglia prestissimo, curiosa di sapere le vicissitudini del giorno precedente, prima di salire al pascolo con le capre ed Ottentotto. Mamma, mattiniera per abitudine, inizia il suo racconto proprio con il cane: «Ieri, non avendo visto nessuno per tutta la mattina, decisi di raggiungere Brigitte ed il dottore per pranzo, alla baracca. Stavamo chiacchierando aggiornandoci delle reciproche novità, quando, dalla finestra aperta, intravedemmo un cane del tutto simile a Ottentotto che muoveva a valle. Brigitte e il dottore confermarono subito i miei dubbi, che si trattasse cioè proprio di lui». «Ma non è mai sceso al paesello!» obiettai io. «È proprio ciò che esclamai ieri.» disse mamma.

Mamma decise allora di seguirlo, più che altro per un presentimento. «Brigitte, come se avesse avuto anche lei un'intuizione, scambiò un'occhiata d'intesa col dottore e decisero di seguirmi entrambi». Mamma chiamò Ottentotto, che si fermò immediatamente e cominciò però ad abbaiare, volgendosi spesso in direzione del paesello, impaziente di riprendere il cammino. «Durammo fatica a tenergli dietro - continua mamma - ma lui continuò senza fermarsi, obbligandoci al suo passo. Arrivammo a Dörfli, ma Ottentotto non diede cenno di frenarsi e si diresse, annusando, sul sentiero per Maienfeld. Dopo una mezz'ora iniziò ad abbaiare e riconobbi subito la gerla di Peter. Ottentotto si piazzò lì accanto, abbaiando però in direzione del bosco a monte. Di babbo nessuna traccia».

Mamma mi dice che il dottore fu il primo ad osservare come la gerla fosse adagiata con cura sul terreno ed appoggiata ad una roccia, segno che Peter non l'aveva abbandonata di corsa né aveva potuto cadere di sotto (questa ipotesi l'avanzò nonna in quanto il sentiero in quel punto è esposto verso la valle con un salto di tre metri). «Pensammo allora di cercarlo nel bosco e bastò un mio gesto perché Ottentotto scattasse in quella direzione. Fu talmente veloce che non riuscimmo a vedere dove fosse andato, ma poco dopo lo sentimmo abbaiare di nuovo».

«Ottentotto si fermò in una radura. Quando lo raggiunsi mi sentii mancare: tuo padre giaceva per terra, ai piedi del cane, il quale quando mi vide arrivare prese a leccarlo sul viso. Chiamai il dottore e Brigitte e, temendo che Peter fosse morto, iniziai a piangere disperata senza andare oltre». Il dottore, vedendo la scena, si diresse immediatamente da babbo, mentre nonna si fermò a consolare mamma. «Tutto bene - disse il dottore - è vivo!».

Babbo riprese conoscenza poco dopo, grazie alle leccate di Ottentotto. Non passò molto tempo prima che il dottore potesse rincuorare le due donne sullo stato di salute del paziente. Babbo stesso spiegò come, inoltratosi nel bosco per un bisogno impellente (dopo che ebbe lasciato sul sentiero la gerla), inciampò malamente per la fretta di non lasciare troppo a lungo incustodita la carne salata. «Inciampando - sentenziò il dottore - devi aver battuto la testa molto forte, visto che, a quanto dici, è parecchio che giaci qui privo di sensi!».

«Piano piano aiutammo Peter a rialzarsi, controllando di volta in volta che stesse davvero bene. Quando si alzò, il tuo sfortunato babbo si rese conto di non poter appoggiare la gamba, se non per qualche secondo. Il dottore verificò che la caviglia non fosse rotta e poco dopo tornammo a Dörfli. Dovevi vedere tua nonna che forza con la gerla sulle spalle, nonostante l'età!». «Hai lasciato che la portasse lei?» interrogo mamma. «Ho dovuto arrendermi alla sua volontà; inoltre tuo padre, lo sai, è ben più pesante di una gerla di carne essiccata!».

«Volevamo fermarci al paesello, ma come ti dicemmo ieri, tuo padre insistette per tornare. La gerla l'abbiamo lasciata giù in paese, la prenderemo alla prima occasione». «Dobbiamo ringraziare Ottentotto; ieri, dopo il temporale se n'è partito. Avrei detto per scendere alla baita. Invece...». «Già, un cane eccezionale!». La sera a cena è Ottentotto l'eroe del giorno. «Non appena potrò scendere al paesello, ti porterò un po' di carne essiccata per premio» disse babbo. «Se penso che ce lo ritrovammo quasi fortuitamente!». «Davvero? Racconta, mamma!». Mamma mi accontenta: pochi anni prima della mia nascita (lei aveva suppergiù dodici anni), Nebbia, il fedele cane del nonno, morì di vecchiaia. Nonno, come sua indole, non lasciò trapelare i propri sentimenti, ma mamma è sicura che soffrì molto la perdita del suo pigro amico a quattro zampe. Tanto che il nonno non parlò nemmeno un attimo di sostituire Nebbia con un altro cane. Fu infatti per caso che mamma incontrò Engadina, una cagna randagia e bastarda, le cui caratteristiche preponderanti erano quelle della razza bovara: alta circa settanta centimetri, focature rossicce sul muso. Solo il vello candido e bianco le impediva di essere classificata a pieno titolo come bovaro svizzero di razza.

Racconta mamma che quell'anno gli Scheuermeier si recarono per il loro primo anno come mandriani in quella zona dei Grigioni chiamata Engadina. «Ma è il nome della madre di Ottentotto!». «Certo, ma lascia che mamma ci narri tutta la storia» mi redarguì babbo. Mamma continuò: «Era ormai fine settembre quando gli Scheuermeier fecero ritorno dall'Engadina. La loro transumanza li riportava per l'inverno al paesello, dove le vacche potevano trovar riparo al calduccio nella stalla. Il giorno che arrivarono, li incrociai lungo la strada per Maienfeld. Non so che cosa feci, se avessi addosso un qualche strano odore o se involontariamente possa averli spaventati; non lo so. Fatto sta che i cani che accompagnavano la mandria mi raggiunsero abbaiando in modo molto minaccioso. Riuscii a tenerli per un po' a bada con il bastone che nonno m'insegnò a portare sempre con me nelle passeggiate. E per fortuna, perché quei cani avevano tutta l'aria di volermi mordere. Nel difendermi guardavo di qua e di là, nella speranza di vedere il signore o la signora Scheuermeier che richiamassero i cani. Ma non c'era anima viva e quelli continuavano ad avvicinarmisi ringhiando. Scoppiai a piangere e urlai implorando aiuto. Vi giuro che non ebbi mai così paura, neppure quella volta che rischiai di cascare nel burrone e che fui salvata da babbo!».

Mamma proseguì, avendo ormai accalappiata tutta la mia attenzione: «Quando temetti il peggio, come dal nulla, comparve quel grosso cane bianco. Engadina si interpose con un balzo tra me ed il piccolo branco di cani da pastore. Mettendo in bella mostra i suoi denti si stagliò a testa alta, fiera sulle zampe, ringhiando ed abbaiando a sua volta in direzione dei cani. Quelli, un poco alla volta, ammutolirono e si calmarono. Infine corsero via per raggiungere la mandria, andata già molto oltre».

Mamma, sentendosi finalmente al sicuro, si lasciò cadere seduta e iniziò un nuovo pianto liberatorio, come un bambino che dopo essersi smarrito viene ritrovato dai propri genitori. Engadina si girò, abbaiò verso mamma e le si avvicinò, leccandole le lacrime dal viso. Mamma la strinse abbracciandola al collo. Proprio in quel momento sopraggiunse un contadino, che da lontano aveva visto le ultime fasi di quella battaglia priva di spargimenti di sangue. Sentendolo arrivare, Engadina si defilò, correndo in direzione di Dörfli. Il gentile contadino consolò un poco mamma e la riaccompagnò a casa, temendo che i cani potessero aggredirla di nuovo. Il nonno, dopo aver saputo i fatti, lo ringraziò. Disse a mamma di aspettarla in casa e uscì, diretto dagli Scheuermeier.

«Passarono quindici minuti almeno, poi nonno tornò. Aveva intimato ai nostri vicini di casa di insegnare ai loro cani a comportarsi a modo, dichiarando che in caso contrario ci avrebbe pensato da sé medesimo. Gli Scheuermeier, che non erano al corrente dei fatti, ad un primo momento replicarono offesi. Poi nonno raccontò loro l'accaduto terminando: "Se non fosse stato per via dell'altro vostro cane, quello grosso e bianco, chissà come sarebbe andata a finire!"». Gli Scheuermeier si dissero mortificati, dispiaciuti per quando era accaduto e decisi a punire i loro cani. «Noi però non abbiamo nessun cane bianco!».

«Passò qualche giorno dopo quei fatti. Un pomeriggio io ed il nonno stavamo salendo da Peter e Brigitte, quando dal bosco vedemmo uscire e correre in mia direzione Engadina, che affettuosamente fece festa a me ed al nonno». Al nonno piacque subito e decise di tenerla dopo aver appurato che non appartenesse a nessuno.

«Decidemmo di chiamarla Engadina, perché supponemmo avesse seguito da là la mandria degli Scheuermeier, avendo forse fatto amicizia con qualcuno dei loro numerosi cani. Cosa che però non fu mai, perché per quasi dieci anni Engadina non ebbe cuccioli».

«Ma Ottentotto è figlio di Engadina!» obietto io.

Mamma conferma: «Sì; io, babbo e nonno (che purtroppo non vide nascere Ottentotto), davamo ormai per scontato che Engadina non potesse avere cuccioli. Passarono gli anni anche per lei e pensammo che oramai, con la vecchiaia, quella remota possibilità sarebbe del tutto svanita. Invece un inverno Engadina sparì. La cercammo per alcuni giorni senza trovarla, finché ci venne a chiamare il fornaio. Ci spiegò la sua inaspettata visita, motivata dal fatto di aver trovato Engadina a casa sua, sotto una siepe di rosmarino».

La mamma riferisce queste parole del fornaio: «Da qualche giorno, soprattutto la sera al crepuscolo e la mattina all'alba, mi sembrava di udire dei guaiti e altri rumori inconsueti. Poi iniziai a sentire abbai e latrati provenienti da molto vicino casa. Ieri sera, di ritorno col carretto dal mugnaio (dove mi recai per acquistare dieci sacchi di farina), sentii nuovamente abbaiare. Parcheggiato che ebbi il carretto, cercai la provenienza di quei versi. Vi lascio immaginare il mio terrore (era già buio), quando, avvicinatomi alla siepe di rosmarino, mi vidi apparire improvvisamente quel bestione del vostro cane che mi ringhiò contro. Sul momento indietreggiai e, dalla paura, mi pisciai quasi nelle braghe! Da ultimo, però, riconobbi il vostro cane». Il fornaio vide accanto ad Engadina tre cuccioli. Non potendo avvicinarli, pensò bene di avvisarci l'indomani mattina; tutti assieme ci recammo a vedere i cagnolini ed io mi affezionai subito al più minuscolo e nero di

91

essi, il mio Ottentotto.

Il nome glielo trovò babbo: l'irruenza selvaggia del cagnolino glielo faceva appaiare alla tribù degli Ottentotti che il nonno gli aveva descritto in un paio di loro conversazioni. Gli altri due piccoli, marroncino rossastro l'uno e bianco a macchie nere l'altro, non li tenemmo. Babbo avrebbe voluto portarne uno a Brigitte, perché facesse la guardia alla baracca. Nonna però si oppose alla proposta, dicendo che non aveva mai avuto bisogno di cani da guardia prima d'ora, né ne avrebbe avuto bisogno d'ora in poi. Alla fine, perciò, gli altri due cuccioli rimasero al fornaio che tenne per sé e per i suoi quattro figli Bruciato (il cagnolino marroncino rossastro), mentre regalò Farina Sporca (il terzo cucciolo) al mugnaio. In quello stesso anno Engadina morì, forse troppo affaticata da gravidanza e parto.

L'estate successiva portammo con noi Ottentotto alla baita, dalla quale non volle più scendere fino ad oggi. Negli inverni più rigidi, durante i quali nessuno di noi si ferma sull'Alpe, ci occupiamo di portargli del cibo alternandoci, mamma, babbo ed anche io, ora che sarò a casa. Ottentotto tanto dimagrisce in inverno quanto ingrassa d'estate. Non abbiamo mai capito perché non scenda al paesello. Avrà i suoi buoni motivi, come ieri ebbe il suo buon motivo per scendere.

L'ARRIVO DEI SESEMANN

Si chiama Battista ed è figlio di immigrati venuti in Svizzera da una qualche parte dell'Italia in cerca di fortuna. Battista ha circa otto anni e quando io comincerò il mio lavoro di maestra, anche lui sarà tra i miei alunni. Babbo oggi sale con lui al pascolo per l'ultima volta. È una settimana che salgono assieme e babbo dice che Battista ha imparato quanto serve per accompagnare da solo le caprette nei prossimi due mesi, prima dell'inverno. In questo modo babbo potrà dedicare più tempo per la preparazione della legna. Inoltre con Battista ci sarà Ottentotto, che in caso di pericolo potrà aiutarlo o correre qui alla baita ad avvisare.

La decisione di farsi sostituire da Battista l'ha presa babbo stesso. Giorni fa, essendo giunta la lettera dei Sesemann che annunciava il loro imminente arrivo, decisi, infatti, di affrontare lui e mamma per prepararli alla richiesta di fidanzamento promessa da Albert. Presi il discorso un po' troppo alla larga, tanto che babbo fraintese ad un primo momento, terrorizzato che fossi incinta di "qualcuno" (così definii per un po' Albert), a Francoforte. Poi riuscii a chiarire il tutto e babbo, senza troppi inutili giri di parole, mi chiese un giorno di tempo «...per parlare con mamma ed organizzarci».

Trascorse una giornata e mamma divenne euforica per la doppia contentezza data dalla mia lieta notizia e dall'imminente arrivo dei Sesemann. Sembrava una bambina quando mi corse incontro dopo aver appreso la novità da babbo: la vidi uscire dalla baita e urlare, ballare e saltare come non l'ebbi mai vista prima d'ora. Babbo affermò che mancavano solo le capriole ed i rotoloni sull'erba perché quella donna di trentanni si comportasse come la bimba di cinque giunta all'Alpe molti anni fa. Mamma mi abbracciò e mi baciò ripetutamente: «Sono contenta che tu ed Albert vi fidanziate! Contenta, contenta, contenta!» e giù a piangere come non poteva essere altrimenti.

A cena babbo tornò sull'argomento per le decisioni pratiche: «Domani sera mi attarderò in paese. Voglio passare da quella famiglia di italiani arrivata a luglio; voglio proporre loro di insegnare al figlio maggiore... come si chiama?» si interruppe babbo. «Credo Battista» rispose mamma. «Sì, Battista. Voglio insegnargli a pascolare le capre, così che mi sostituisca ed io possa occuparmi delle altre faccende. Innanzitutto, della legna. Devo procurarne molta quest'anno: io e mamma ne abbiamo parlato e ci fermeremo qui per l'inverno. In questo modo tu potrai startene giù alla casa in paese, sistemarla pian piano come piace a te e ad Albert e lui può venire liberamente a trovarti mentre studia all'università di Zurigo. Che ne pensi? Naturalmente, mi raccomando: giudizio!».

Come mamma, anch'io trovai ottima la proposta di babbo e lo ringraziai di cuore. Poi continuammo a cenare, scherzando sulle ultime raccomandazioni di babbo: «Ti scordi che avevo l'età di tua figlia, quando rimasi incinta di lei?» lo canzonò mamma facendomi un po' arrossire.

I genitori di Battista furono felici della proposta di babbo: il denaro offerto per questo lavoro unitamente ad un capretto ogni dieci nati, sarà un bell'aiuto per quella povera famiglia. La nostra terrà comunque la differenza rimasta dal pagamento fatto dai paesani, che per le necessità di babbo e mamma è più che sufficiente. Battista ha imparato in fretta, così babbo oggi lo lascia solo per la prima volta. Ma babbo è decisamente in agitazione: spacca un po' di legna fino a mezzogiorno, poi mi chiama, non riuscendo più a contenere la sua ansia: «Hannah, sali al pascolo. Porta con te del pane e del formaggio; usali come scusa per andare da Battista, fingendo che io ignori se abbia o meno con sé il pranzo. Con questa scusa stai con lui un'oretta e vedi che non ci siano problemi». Obbedisco a babbo e salgo da Battista che sta consumando il suo pasto, felice come un bimbo che non mangia da giorni. «Babbo ti manda questo pane e formaggio; credeva che tu non ne avessi». Il bimbo sgrana gli occhi e mi ruba dalle mani quel cibo, ma invece di mangiarselo lo infila nel tascapane: «Mangio dopo. Casa; Maria, mamma, padre». Battista non parla bene tedesco, ma con quelle poche parole si fa ben capire. Siedo con lui e lo vedo tranquillo e sicuro del fatto suo. Non parliamo, così il silenzio e la pace del pascolo si appropriano di noi, mentre il tintinnio delle campanelle ci coccola come una dolce ninna nanna. Ci addormentiamo entrambi sul prato, senza accorgerci del tempo che passa. È l'abbaiare di Ottentotto a svegliarci: qualcuno sta salendo verso l'omino, in nostra direzione. Quando è a pochi metri, riconosco mamma: «Eccovi qui, pacifici e beati! Quell'esagitato di tuo padre, dopo un paio d'ore che eri partita, ha iniziato a preoccuparsi e mi ha chiesto di venire a vedere che tutto andasse bene...». «Direi di sì!» dico io. «Dormire bene!» esclama Battista che non ha capito molto del discorso di mamma, se non la parola "bene". Scoppiamo tutti in una gran risata. Mamma mi chiede se voglia far ritorno con lei. Accetto: «Battista è bravo, se la cava bene!». «Bravo!» fa eco il bambino.

Una volta tornate tranquillizziamo babbo. Gli ci vorrà una settimana buona per rilassarsi e adattarsi al suo nuovo ruolo, concedendo a Battista la piena fiducia. Una settimana; giusto il tempo che manca all'arrivo dei Sesemann. Ad annunciarli è Battista stesso, che una mattina ci porta una lettera senza francobollo dal paesello. I Sesemann, numerosissimi, sono arrivati ieri. La famiglia Glück (Clara ed i gemelli col marito Edgar), si sono accomodati nella casa in paese come stabilito da mamma. Gli altri (il signor Sesemann, Tinette, Sebastiano e Claire), hanno trovato alloggio alla locanda. Johan stavolta non c'è: un forte mal di schiena lo perseguita da mesi, così come l'età, ed il signor Sesemann gli impedisce perfino di condurre il calesse. Lo ha obbligato a starsene a Francoforte con la scusa di prendersi cura della casa e della servitù rimasta. Ma invia a tutti i suoi saluti.

Nel pomeriggio, avverte la lettera, saliranno tutti, passando prima a salutare Brigitte ed il dottore, curiosi di avere notizie di lui. Ma mamma non sta più nella pelle; per riabbracciare la sua carissima amica, dopo aver letto la lettera corre subito giù al paese.

Qualche ora più tardi, con il solleone alto nel cielo, arrivano tutti, sudati ma carichi di gioia per l'incontro. Babbo prepara un'abbondante merenda che i cittadini divorano con gusto: pane, formaggio, latte e carne essiccata diventano con l'aria di montagna un pasto da re. Mentre mangiamo, mamma invita me e i gemelli a portare un po' di quel ben di Dio a Battista, su al pascolo. Mi rivelerà più tardi che non ha trovato scusa migliore per permettermi di riabbracciare il mio amato Albert! Con noi chiede di salire anche Claire, la figlia di Tinette diventata cameriera dei Sesemann. Permesso accordato. Anche Sebastiano chiede ed ottiene di poterci seguire. E pensare che le prime volte quando veniva al paesello e all'Alpe era sconvolto! Battista è sorpreso di veder arrivare quel gruppo di persone a lui quasi sconosciute. Gli spiego come meglio posso, ma lo vedo più entusiasta del cibo che gli abbiamo portato che, senza toccare nemmeno con un morso, ripone con cura nel tascapane. Assieme raccontiamo ai nostri ospiti le novità della truppa animale, che Katharina ascolta con interesse. Quando torniamo, anche nonna ed il dottore si sono uniti all'allegra tavolata. Il dottore ha portato una bottiglia di vino cui ha fatto seguito una seconda, che babbo conservava in cantina.

Il dottore ci viene incontro vedendoci arrivare ed a gran voce chiede ad Albert: «Dunque, ragazzo, cos'è questa novità per cui non vuoi sostituirmi allo studio?». La domanda viene udita chiaramente da tutti i presenti. Mamma e babbo, nonna, Katharina e lo stesso Albert, trepidano per qualche istante (così come io stessa), chiedendosi cosa ne sappia il medico e cosa Albert possa rispondere. Lo anticipo giusto in tempo per sviare l'argomento: «Tempo al tempo, caro dottore! Gliel'ho già detto!». È il signor Sesemann ad inserirsi nel discorso, cosa che coglie molti impreparati: «Caro amico mio, un po' di pazienza. Vedrai che Albert saprà esaudire la nostra curiosità domenica prossima». Sul mio volto passano tutte le gradazioni di rosso, dall'arancione all'amaranto. Temo infatti che il signor Sesemann riveli il segreto, mio e di Albert, cosa che fortunatamente non accade: «Dopo la funzione in parrocchia, sarete tutti ospiti miei e di Albert a pranzo, giù alla locanda. Albert vuole infatti comunicarci qualcosa!».

UNA LIETA NOTIZIA

Oggi babbo scende a dormire da nonna. La scelta non è sua e lo si comprende dal cattivo umore espresso dai suoi occhi. La richiesta è giunta infatti da Clara, per intercessione di mamma. Le due amiche vogliono starsene da sole ed ho il privilegio di poter restare con loro, un'eccezione che il mio status di quasi fidanzata mi concede agli occhi di mamma e della mia futura suocera. Babbo, però, non è arrabbiato solo per questo. Nelle ultime due settimane, infatti, mamma ha un umore variabilissimo e passa con leggerezza e rapidità da uno stato d'animo all'altro. La sorprendi tutt'a un tratto a piangere e due minuti dopo la trovi a ridere a crepapelle; se le fai una qualsiasi domanda a distanza di pochi attimi puoi rischiare d'essere travolta da grida e ira oppure da dolcezza smielata e carezze. Da principio tanto io che babbo addebitavamo la causa di questi modi all'imminente arrivo dei Sesemann legato all'aspettativa del mio prossimo fidanzamento. Ma la cosa sta continuando anche negli ultimi tre giorni nonostante la presenza della famiglia Sesemann. Soprattutto per ciò il babbo è visibilmente adirato quando lo vedo scendere da nonna. Speriamo che la compagnia allegra del dottore lo aiuti a distrarsi.
Trascorsa un'ora dal saluto di babbo, vediamo arrivare Clara. Per fortuna i due non si sono incontrati. «Clara! È sempre un piacere enorme anche a distanza di anni vederti venire fin qui con le tue gambe!». Mamma accoglie così la sua cara amica. «Non immagini che gioia sia per me poterlo fare! Quando penso che, se non fosse stato per te, il nonno e Peter, sarei ancora lì, sola

e chiusa in casa seduta sulla mia sedia a rotelle...».
Clara non ha ancora terminato la sua frase che mamma
scoppia in un pianto tristissimo: «Sì, povera Clara!
Uahhh!!!». Clara la osserva stupefatta da quella
eccessiva reazione, poi volge il capo in mia direzione
come a chiedere spiegazioni. «Non ci badare Clara.
Mamma è un po' sentimentale in questi giorni!». «Non
sono sentimentale! Non c'è nulla di male nel piangere
via la tristezza!» mi aggredisce mamma, divenuta
improvvisamente d'umore nero. Clara si limita a
guardarmi facendomi segno col capo di non insistere
oltre e di lasciar cadere l'attacco. «Allora, ce ne stiamo
qui in piedi tutta la sera o ci sediamo da qualche parte
a goderci il tramonto?» chiede Clara per fuorviare
mamma. «Sediamoci. Accomodati, Clara!».
Ci sediamo tutte e tre sulla panchina e, sbalzi d'umore
di mamma a parte, chiacchieriamo di tutto un po' in un
clima sereno e ridanciano. Poco prima dell'arrivo di
Battista che riaccompagna le nostre caprette, entriamo
in cucina per preparare la cena. Quando Battista ci
saluta, mamma lo ferma e si fa dare il suo tascapane, in
cui mette della carne secca e del pane. Battista è
gongolante e, dopo essersi rimesso in spalla il suo
tascapane, lo accarezza guardando mamma in un gesto
semplice di sincero ringraziamento.
A tavola il clima continua ad essere allegro, anzi va in
crescendo, nonostante qualche parentesi d'altro
sentimento dovuta sempre alla suscettibilità di
mamma. È Clara ad entrare nel merito del mio
fidanzamento: «Invece tu, Hannah... o dovrei chiamarti
cara nuora? Sei pronta a questo passo importante?».
Arrossisco: è logico che Albert abbia anticipato le sue

intenzioni alla famiglia, ma l'aver nutrito questo amore di nascosto da tutti, mi mette un po' a disagio, come se avessi fatto qualcosa di male, di sgarbato: «Mi dispiace non averti detto nulla prima, ma...». Clara mi interrompe: «Non devi dispiacerti di nulla, cara. Anzi, mi date una gioia così grande tu ed Albert: da amiche, renderete le nostre famiglie parenti!». Mamma scoppia a piangere dalla contentezza e batte ripetutamente le mani in segno di gioia; forse non se ne era resa conto prima d'ora. Ci abbracciamo tutte e tre come solo delle donne possono fare. Da quel momento in poi è come se fossi entrata a pieno titolo nella vita adulta, accettata, sorretta ed abbracciata da donne a donna. Da quel momento in poi, per quella sera, anche le nostre chiacchiere diventano più muliebri. Clara e mamma mi sorprendono perfino con delle licenziosità pettegole (che non mi sarei mai aspettata da loro), che hanno per oggetto o per soggetto i loro rispettivi consorti, Edgar e Peter.

Entrambe raccontano di come si accorsero d'essere innamorate, della corte fatta loro. Clara racconta la sua storia: «Conobbi Edgar quando frequentavo l'ultimo anno di scuola. Lui non era uno studente, ma un giovanissimo impiegato cui la scuola affidava le più svariate mansioni, dalla burocrazia alla sostituzione degli insegnanti in caso d'assenza o addirittura le pulizie urgenti se gli addetti a quelle incombenze non si presentavano al lavoro. Mi piacque subito, ma non sapevo come poter esternargli i miei sentimenti in un modo elegante che non risultasse sfacciato. Inoltre mi preoccupavo di cosa avrebbero detto in città se una Sesemann si fosse accompagnata con un tuttofare. Una preoccupazione che, invero, durò poco. Avevo perciò ormai deciso di lasciar perdere e farmene una ragione, quando un giorno Sebastiano venne ad annunciarmi la visita del signor Glück, dalla scuola». Clara fa una pausa, poi si rivolge a mamma: «Ma ti ho già annoiata molte volte, Heidi, con questo mio racconto!». «Ti prego, Clara, continua: io non conosco questa storia!» m'intrometto. Mamma allora la prega di proseguire.

«Non conoscevo nessun signor Glück della scuola, ma pregai Sebastiano di farlo accomodare nello studiolo. Gli dissi anche di far preparare in cucina un tè con dei dolcetti. Quando la porta si aprì e vidi chi era il signor Glück, il cuore iniziò a battermi all'impazzata e mi sentii prendere tutto il corpo da un calore che non avevo mai provato prima. Al tempo stesso temetti che Edgar se ne accorgesse, così tentai di dissimulare le mie emozioni alzandomi dalla sedia e invitandolo ad entrare. Edgar mi disse molti anni dopo di aver provato quelle stesse sensazioni, al punto che quasi gli sfuggì di mano il pacco che doveva recapitare per ordine del direttore della scuola. Come io non m'accorsi di nulla, nemmeno lui colse allora la mia agitazione».

Mamma, con cognizione di causa, arricchisce quei particolari: «Il solo che si rese conto che tra Clara ed Edgar c'era del tenero fu Sebastiano, come ci raccontò egli stesso. In cucina, infatti, avviò il pettegolezzo con la cuoca e, in men che non si dica, la chiacchiera si diffuse tra la servitù giungendo alle orecchie della nonna». «È vero Heidi, ma lascia che racconti con il dovuto ordine cosa successe. Io ed Edgar, impacciati, ma troppo intenti ad evitare figuracce più che ad accorgerci dei nostri reciproci sentimenti, bevemmo il tè mentre aprivo il pacco da parte della scuola: si trattava di alcuni libri in francese che papà aveva chiesto al direttore di procurargli. L'imbarazzo svanì quando Edgar se ne andò, ma prese il suo posto un innamoramento folle e triste, perché ero convinta che lui non si fosse neppure accorto di me. Invece, dal giorno seguente, "casualmente" il signor Glück incappava sempre più spesso nell'itinerario che compievo a piedi da casa a scuola o nel senso opposto. Come ha appena detto Heidi, il pettegolezzo era già giunto alle orecchie della nonna, che ne ebbe conferma un pomeriggio verso la fine del mio ultimo anno scolastico, quando mi sorprese tornare a casa accompagnata da Edgar. Nonna ci mise subito lo zampino: fece infatti di tutto per convincere papà ad assumerlo come segretario. Sai bene - disse Clara rivolta a mamma - quanto nonna sapesse diventare convincente!».

«Insomma, per farla breve, Edgar prese a frequentare casa Sesemann e due anni dopo si sposarono» taglia corto mamma in un suo cambio d'umore. La guardiamo basite. «Oh, perdonami, Clara! Ma in questi giorni non riesco proprio a controllarmi!». «Scusata, Heidi. Ma raccontami invece come fu tra te e Peter, non me lo hai mai voluto dire!».

Mamma ci trattiene con una lunga pausa nell'attesa di una sua risposta che vorrebbe arrivare, ma che non riesce ad uscire dalle sue labbra. Poi, stupendoci ancora, risponde: «No. Stasera no. C'è un'altra cosa più importante che voglio dirvi». «Ma mamma, abbiamo tanti giorni prima che Clara torni a Francoforte! Raccontaci di te e babbo!». Mamma è però risoluta: «No.

103

Di quello potremo parlare ancora. Oggi voglio invece darvi una lieta notizia, in tempo per gioirne prima di concentrarci sul fidanzamento tra Albert e te. Non voglio distogliere l'attenzione dalla vostra festa!».

L'introduzione era così seriosa che non avremmo potuto impedirle di darci la notizia. Mamma, un po' titubante, un po' emozionata, un po' e un po' mille altre cose, iniziò: «I miei sbalzi d'umore di queste settimane; c'è un motivo. È un bellissimo perché...» e mamma cominciò a piangere di gioia. Trepidavamo d'attesa: «Non ho ancora detto nulla a Peter e non glielo voglio dire se non quando ne sarò più sicura. Ecco; credo...». Impazzivamo dall'attesa: «...sì, insomma...». Bruciavamo nell'attesa: «...penso di aspettare un bambino!».

Pur essendo in piena estate, gli attimi seguenti sono congelati come l'inverno in montagna dopo una copiosa tormenta di neve. Quello stesso silenzio attonito e senza pesantezza che avvolge completamente, indugiando nell'aspettativa che un cumulo di neve caschi a terra dalle fronde di un abete, infrangendosi con un tonfo cupo. Tocca a me essere quell'abete che dalla mia bocca lascia cadere un mucchio di gioia: «Evviva, avrò un fratellino o una sorellina!!!». Clara abbraccia con delicatezza l'amica, consapevole della felicità che mamma prova e dell'emozione di quell'annuncio. Abbracci e festa proseguiranno finché il sonno sopraggiungerà, recandoci nel mondo incantato e soffice dei sogni.

IL FIDANZAMENTO

Venne finalmente il fatidico giorno. I Sesemann avevano fatto le cose in grande: il pranzo imbandito alla locanda era all'altezza di tali gentiluomini. Non avevano solo impiegato tutta la servitù a loro disposizione, ma si erano pure avvalsi del personale della locanda e di qualcuno tra gli abitanti di Dörfli e Maienfeld, di cui negli anni delle loro visite qui avevano appreso l'arte. Così venne invitato, ad esempio, Verdi, il suonatore di organetto sbeffeggiato con quel nomignolo che lo riconduceva al grande compositore italiano. Verdi non è certo paragonabile al suo illustre omonimo, ma ha una naturale dote di natura che lo rende davvero un musicista d'eccezione quando imbraccia il suo strumento. Ormai non c'è festa degna di questo nome in tutto il circondario che non si avvalga del suo talento e delle sue note. Ma i Sesemann fecero ancor di più: resero quel pranzo un vero e proprio evento invitando i personaggi più illustri dei due paesi, dal parroco, ormai in procinto di lasciare Dörfli, al sindaco di Maienfeld. Venne addirittura invitato il rettore dell'università di Zurigo, in segno di ringraziamento per aver perorato l'iscrizione di Albert alla facoltà di medicina. Giunse purtroppo sul finire del pranzo, scusandosi per il ritardo causato da un guasto alla locomotiva del treno sul quale viaggiava. Spese però molte parole lusinghiere, lieto di poter annoverare tra i suoi nuovi studenti Albert, allievo di un caro amico. Non volevo credere alle mie orecchie, ma anche lui non usò il cognome né il nome del suo vecchio compagno di classe, ma lo definì semplicemente e come facciamo tutti: il dottore! Chissà come lo chiama nonna Brigitte? Il rettore ringraziò i Sesemann per il cortese invito e si disse onorato di poter vantare tra i suoi futuri studenti un esponente di tale casata. Per fortuna il signor Glück, da quando è entrato a far parte della famiglia, non bada più a sottigliezze sull'uso improprio del cognome Sesemann.

Anche noi fummo fortunati: non fosse stata domenica, non ci saremmo presentati con i vestiti della festa e saremmo stati piuttosto evidenti nei nostri abiti senza pretese di tutti i giorni. Babbo invece faceva un gran figurone nel suo abito scuro. Nulla a che vedere con gli abiti perfetti, nuovi ed alla moda del signor Sesemann e degli altri gentiluomini presenti; ma babbo faceva la sua eccellente figura. Ma chi più di chiunque altro attraeva l'attenzione dei presenti per bellezza, eleganza e raffinatezza era, senz'ombra di dubbio, Clara, stupendamente incorniciata nel suo vestito parigino che, evidenziandone la delicatezza del fisico e la chioma dorata, avrebbe reso invidiosa la più appariscente delle dame parigine.

Entrammo nella locanda in compagnia dei nostri ospiti, i Sesemann ed i Glück, accolti con cerimonie rituali ed amicali da tutta la servitù che fece seguito a questa visita estiva all'Alpe. Verdi sottolineò queste affettuose smancerie con una marcia solenne che gli insegnò un parente, musico e soldato. Ma il signor Sesemann lo interruppe quasi subito: «Suvvia, Verdi, non ci rammenti anche oggi eserciti e guerre: ci suoni un allegro, un valzer danzante!». Verdi non se lo fece ripetere due volte e ci avvolse con un leggero motivetto ballabile mentre ci disponevamo al tavolo. Io fui messa a sedere al centro della ricca tavolata, con me Albert. Al mio fianco mamma Heidi; al fianco di Albert, Clara. Le rispettive famiglie furono poi fatte accomodare con un bell'ordine impartito ai domestici dal signor Sesemann stesso. Quest'ordine prevedeva con l'allontanarsi dal centrotavola il diradarsi delle rispettive parentele, fino agli estremi della tavolata, composta per l'occasione con almeno sei dei tavoloni della locanda. Davanti alle famiglie, sul lato opposto del tavolo, furono fatti sedere gli amici e gli invitati vari, lasciando al centro il parroco, il sindaco, il rettore ed il dottore, che per una qualche questione di galateo scelse di non sedersi accanto a nonna. Anche se ne fui un po' dispiaciuta (in ciò ho senz'altro preso da mamma), i domestici non presero parte al pranzo, dovendo occuparsi di servirci a tavola. Ma mamma li invitò più tardi a prendere parte alle danze.

Il pranzo fu davvero appetitoso e si protrasse un paio d'ore. Vennero messe in tavola diverse portate, sia specialità locali, sia piatti tipici dell'area di Francoforte, preparati in concerto dalla cuoca della locanda grazie ai suggerimenti di Tinette e Sebastiano. Questo scambio di sapori nelle pietanze alimentò anche gli argomenti a tavola, che si interessarono dei rispettivi usi e costumi nelle due principali località da dove il grosso degli ospiti proveniva. Anche babbo venne costretto a parlare molto di più di quanto non faccia normalmente: molte, infatti, furono le domande che la gente di città gli sottopose per conoscere le pratiche d'allevamento delle capre.

Non mancarono nemmeno arguzie e scherzi, fomentati dall'aumentare dei brindisi. A differenza del solito, però, il dottore non ne fu spesso l'artefice, cosa che rilevò anche il signor Sesemann, quando gli si rivolse dicendo: «Caro amico mio! Non ti diverti oggi o il vino non è di tuo gradimento, visto che ci neghi i tuoi soliti giochi?». Il dottore rispose: «Non darti pena per me, Sesemann, sono solo impaziente di conoscere il motivo che ci ha portati qui oggi!». «Già, anch'io...» pensai tra me e me senza avere il coraggio di esprimermi a voce alta. Per la verità, l'occasione di questa festa la conoscevo benissimo e sono quasi sicura che pure il dottore, se non la convinzione, nutrisse almeno il dubbio di quel motivo. Dovetti però attendere ancora e a lungo la venuta di quel momento topico.

Pranzo e chiacchiere si dilungarono ancora. Vi furono argomenti vari, dal cibo alle capre, come detto; dal prossimo congedo del parroco all'inizio della scuola. Fu il parroco ad annunciare ai presenti che sarei divenuta la maestra del paesello; almeno a quei pochi che ne erano all'oscuro, poiché non solo le due famiglie ne erano al corrente, ma anche Barbel aveva già fatto un enorme lavoro di diffusione della notizia. Parlando di scuola, il dottore non mancò l'occasione di ringraziare pubblicamente l'amico rettore per aver accettato Albert (che definì "promettente seguace di Ippocrate"), nella facoltà di medicina a Zurigo. Si parlò quindi di materie di studio secondo le varie tradizioni didattiche e secondo i più recenti metodi d'insegnamento. Qui si agganciò il signor Glück, chiedendo se qualcuno tra i commensali conoscesse, a proposito di innovazioni, quella nuova lingua inventata recentemente da un polacco, tale Zamenhof. Il signor Glück ed il signor Sesemann erano divenuti degli appassionati sostenitori della lingua artificiale del "dottore che spera", doktoro

Esperanto, come si era firmato il polacco nella prima edizione della sua grammatica. Fu curioso rilevare come questa lingua internazionale, ormai chiamata Esperanto, avesse già raggiunto una certa notorietà. Il rettore, infatti, confermò di conoscerla per via di colleghi professori; il parroco ne ebbe sentito parlare, seppur in modo negativo, da un vescovo cattolico che opponeva a questa lingua il latino; il dottore l'aveva persino studiata, spinto a ciò dalla passione dell'amico Sesemann, ma affermò che oggi non ci fosse alcun senso a proporre una nuova lingua, essendo già diffusa e conosciuta a livello internazionale la lingua francese. L'argomento incuriosì e coinvolse i commensali. Chi a favore o chi contro, quella lingua (inventata poco più di dieci anni fa come veicolo di comunicazione internazionale e paritetico per ogni nazionalità), aveva un fascino suadente e stava già facendo parlare di sé.

Chiedemmo così al signor Glück ed al signor Sesemann di farci qualche esempio di frasi in quella lingua. I nostri ospiti accettarono volentieri e la cosa continuò per una buona manciata di minuti. Fu il signor Sesemann stesso, però, che interruppe quel gioco: «Sed nun, estas tempo ni iru danci!» cioè a dire: «Ora, però, è tempo di andare a ballare!».

Nel cortile della locanda era stata allestita per l'occasione una sorta di sala da ballo. Verdi si unì ai due suonatori invitati a tal scopo e si aprirono le danze, che si interruppero solo nel tardo pomeriggio, quando, con mio sollievo e del parroco (costretto ad attendere il momento del fidanzamento), venne allestito un tavolo sul quale il personale della locanda apparecchiò vino, torte e bicchieri. Il signor Sesemann prese la parola e, da perfetto anfitrione, invitò Albert e me ad avvicinarci al tavolo imbandito. Poi lasciò la parola a suo nipote. La voce gli tremò, affrancandosi però di frase in frase. Si rivolse a mamma e babbo e chiese loro: «Cari Heidi e Peter, che, per l'affetto che vi porto, ho sempre chiamato zii, cosa che però risulterebbe oggi fuori luogo. Durante gli anni che Hannah ha trascorso a casa Sesemann, io e lei abbiamo avuto modo di conoscerci e affezionarci. Lei quest'anno non farà ritorno a Francoforte, ma insegnerà qui, alla scuola di Dörfli. Io sarò più vicino, perché per alcuni anni studierò all'università di Zurigo ed ho ragione di credere di poter svolgere in futuro la mia attività di medico a Maienfeld e Dörfli. Vi chiedo pubblicamente, per l'amore che provo per lei, di poter fidanzarmi con vostra figlia Hannah, per poi sposarla quando i miei studi saranno terminati!».

Tra la gioia e la commozione dei presenti, gli occhi di tutti si volsero prima verso di me, per poi posarsi su mamma e babbo in attesa della loro risposta. Per l'intera settimana babbo si era preparato un bel discorsino che avrebbe dovuto declamare lì, ora, alla presenza di tutti. Ma anche quella volta cambiò i suoi piani all'ultimo minuto. Dopo un imbarazzante silenzio, spronato da mamma che gli fece cenno di parlare, mi guardò e si avvicinò ad Albert, invitandolo ad uscire con lui tra l'imbarazzo ed il disagio dei presenti. Non seppi mai cosa si fossero detti in quei lunghissimi cinque minuti che trascorsero fuori dalla locanda, né lo seppe mai alcuno. Quando rientrarono, però, babbo aveva un volto allegro e sereno, mentre Albert, pensieroso inizialmente, divenne anche lui contento quando il primo lo abbracciò davanti a tutti, per farci comprendere che il permesso al fidanzamento era stato concesso.

Albert tornò dunque da me, prese una scatolina minuscola dal tavolo lì accanto, l'aprì e ne trasse un prezioso e delicatissimo anello che mi mise al dito senza proferir parola. Mamma, in lacrime, batté le mani e, scatenando applausi e gioia, esclamò: «Evviva, evviva! Auguri! Auguri!». Dopo gli abbracci dei parenti seguirono gli infiniti complimenti e le strette di mano degli amici. Il dottore, soddisfatto, ci disse: «Bravi, ragazzi miei!». Infine il signor Sesemann prese una bottiglia di vino e riempì qualche bicchiere che porse di persona ai genitori dei due fidanzatini. Poi ordinò a Sebastiano, Tinette e Claire di servire il vino e le torte a tutti quanti fossero nella locanda, compresi anche i proprietari ed i clienti. Infine, mentre il parroco prese congedo, si riaprirono le danze.

IL VIAGGIO

«Come siamo tutti cambiati tantissimo!» dice mamma a Clara. «Anche tu l'hai pensato?». «Mi sembra di essere ancora quella bambina sperduta nella grande città e, invece, siamo qui con i nostri figli che si sono promessi sposi!». Sorrido ai loro amorevoli sguardi mentre verso a tutti il latte. Ieri abbiamo mangiato così tanto che oggi il pranzo è composto solo da latte di capra e pane. Non ci aspettavamo la visita della famiglia Glück con il signor Sesemann e ci siamo dovuti arrangiare alla bell'e meglio in cucina visto che di fuori ha improvvisamente iniziato a piovere. Il signor Sesemann, osservando dalla porta la pioggia cadere, pensa a voce alta: «Sono anni che non mi concedo il tempo di fermarmi ad osservare la pioggia!». Gli risponde il signor Glück: «Vedrai papà che dopo quest'ultimo viaggio, avrai tutto il tempo che vorrai!».

Già, il viaggio! È per questo che sono saliti tutti, oggi. Il signor Sesemann non ce l'ha mai fatta a mantenere le sue promesse a Clara. Ogni volta le promette che si fermerà con lei e la famiglia due, tre settimane, un mese, ma ogni volta finisce col fermarsi quasi sempre una settimana in meno. Anche questa volta è lo stesso: aveva promesso di stare un mese qui da noi, ma domani, per un qualche imprevisto accidente, lui e il signor Glück ci saluteranno, dirigendosi in carrozza alla volta dell'Italia. Sarà però l'ultimo viaggio del signor Sesemann che, per gli acciacchi dell'età, vuole ritirarsi cedendo le incombenze dei suoi affari in loco all'ormai esperto signor Glück.

Mamma incalza le parole del signor Glück: «Vedrà

quante piogge potrà godersi quando avrà finito i suoi viaggi!». Katharina prende la parola: «Tu, zio Peter, ne hai viste invece molte di piogge! Non ti piacerebbe viaggiare?». Peter finisce di sorseggiare il suo latte e poi, appoggiando la scodella sul tavolo, risponde: «Il mondo che c'è là fuori non è per me. Il nonno me ne parlò spesso, raccontandomi le sue esperienze. No, grazie. Come lui, anch'io mi sento libero qui, sulle mie montagne!». «Hannah mi ha detto che volete rimanere quassù questo inverno per lasciarci la casa al paese?» chiede Albert. «Ormai l'autunno è alle porte. Un po' di piogge in settembre come sta facendo oggi e c'è da aspettarsi un inverno lungo. Così mi ha insegnato il nonno». «La legna per scaldarci non ci manca, Heidi!» le risponde Peter. «Se vorrete scendere in paese, per me e Albert non c'è nessun problema!». «Grazie, bimba mia!» mi ringrazia mamma, amorevolmente. «Sentila, sono promessa sposa e ancora mi chiama la sua "bimba"!». «Lo sarai sempre, anche quando sarai vecchia e decrepita!». Il signor Sesemann, lasciando le sue osservazioni alla porta, s'introduce nella conversazione: «Le mamme sono tutte uguali. Ve lo potrà confermare anche Clara; ancora il giorno prima di morire, mamma mi chiamava: il mio piccolino!». «Questo è niente. Pensate che ero già sposato, quando mamma m'inseguì con la scopa nel cortile con l'intenzione di picchiarmela sul fondo schiena per averle risposto male!» racconta il signor Glück suscitando il riso della rilassata compagnia. «Ad ogni modo - riprendo io - se preferite scendere in paese con noi, non c'è problema!». Babbo ringrazia: «Se ne avremo bisogno lo terremo presente, grazie». Mamma sussurra in mia direzione: «È facile che ne avrò bisogno verso maggio...». Babbo coglie quel bisbiglio e domanda: «Cosa intendi dire? Cosa significa che ne avrai bisogno a maggio?». Io e Clara non riusciamo a far finta di nulla e guardiamo mamma sottecchi attendendo la sua risposta. Mamma, colta dall'imbarazzo, cerca di sviare il discorso: «Nulla, nulla».

È però Katherina che inconsapevolmente è d'aiuto a distogliere l'attenzione: come risvegliatasi da un chissà quale sogno (si sa, gli artisti vivono spesso nel mondo delle nuvole), torna sull'argomento del viaggio, per lei mai chiuso: «Zio Peter, non credi che, magari, l'esperienza negativa del mondo che ti raccontò il nonno dell'Alpe, possa però essere dettata dal suo solo vissuto?». Distolti dai nostri discorsi la guardiamo tutti un po' turbati, non ancora del tutto abituati al suo modo d'essere originale. Lei continua imperterrita: «Voglio dire che molti viaggiatori ci hanno lasciato delle ottime e positive esperienze: Goethe, Dickens, Oscar Wilde, Mark Twain; Victor Hugo, Gaugain... per citare i primi che mi vengono in mente». Babbo non conosce nessuno di questi personaggi e preferisce tagliar corto: «Voi giovani artiste date sempre per scontato molte cose. Non lo so. Penso che il mondo là fuori possa essere bello o brutto, non lo nego. Ma io non ne ho esperienza e dico solo che sto benissimo quassù». Mamma, con l'intento di distrarre completamente babbo, cavalca l'onda del tema viaggio: «Katharina mia, senza andare chissà dove, puoi chiedere a tuo nonno e tuo padre quale sia la loro esperienza. Sono anch'essi sempre in viaggio!». «Ma mamma, figurati se già non le hanno raccontato avventure straordinarie!» affermo io, mentre guardo in direzione del signor Glück per cercare conferma da lui. «Ad essere sincero, non abbiamo mai avuto grandi avventure da raccontare. È vero: siamo stati in molti luoghi ed in varie parti d'Europa. Possiamo dire di conoscere alcune caratteristiche di quei posti, sebbene le nostre non siano mai state delle vere e proprie visite, ma più dei viaggi d'affari...» delude il signor Glück. «Edgar ha ragione - ribadisce il signor Sesemann - abbiamo avuto forse più avventure nel corso degli spostamenti da un luogo all'altro o per via di certi alloggi di fortuna, che non nelle città. Ma temo sia così per tutti coloro che viaggiano per lavoro». Katharina riprende la parola: «Nemmeno io, lo sapete, ho viaggiato molto. Però nei miei piccoli spostamenti viaggio per viaggiare. E le emozioni che raccolgo in cuore sono molte e forti, tanto da potervi trovare l'ispirazione per i miei quadri».

Dipingere è infatti la grande passione di Katharina che, qualche anno fa, per scherzo, iniziò a vendere alcuni suoi quadri ad amici aristocratici. Questi amici l'apprezzarono a tal punto da dar vita ad un passaparola nell'alta società, così che Katharina riceve, di quando in quando, qualche commissione o qualche visita di potenziali clienti. Alcuni di questi addirittura dall'Olanda e dall'Austria, ragione per la quale Katharina iniziò due estati fa a spostarsi in questi viaggi che l'appassionano tanto. «Katharina cara, non ci hai ancora detto cosa farai ora che anche tu hai terminato la scuola!» dice mamma. «Nulla di speciale zia Heidi. Me ne starò a Francoforte facendo compagnia a mamma e dedicandomi alla mia passione. Oltre a dipingere, se ne avrò occasione, non disdegnerò di avventurarmi in qualche viaggetto». «Nell'attesa che il tuo cicisbeo si decida a chiederti in sposa!» la prende in giro Albert. «Albert!» lo rimprovero. «Che cosa c'è di male? Lo sanno tutti che Ludwig, il musicista austriaco, le sta facendo una corte sfrenata inviandole regali continuamente» insiste Albert. «Dici bene Albert: non c'è proprio nulla di male se tua sorella ha un pretendente! Ma non per questo puoi permetterti di canzonarla!» lo riprende Clara.

Con l'arrivo di Battista (che in questi giorni scende presto al paesello in quanto la sorellina è malata ed il suo babbo non è a casa), anche i Glück ed il signor Sesemann si avviano sulla strada del ritorno. Domani scenderemo noi per salutare i due capi famiglia quando partiranno.

L'indomani, giunti all'altezza della baracca, incrociamo Battista che sta salendo con le caprette. Ci rassicura circa la salute della sorellina, che non ha più febbre. Albert ieri l'ha visitata ed anche lui confermerà di lì a poco che la bimba non ha avuto nulla di grave. Ne siamo sollevati. Sempre alla baracca si uniscono a noi il dottore e nonna Brigitte; vogliono recare pure loro il saluto ai due tedeschi in partenza. Mentre scendiamo nonna ci informa che ieri è arrivato il nuovo parroco. Barbel glielo ha detto quando salì a prendere la giacca del parroco che nonna aveva dovuto rattoppare ai gomiti delle maniche. Nonna continua a fare questi lavoretti sartoriali ed è diventata anche molto abile.

Dopo aver salutato i cari amici fino a veder scomparire la carrozza giù nella discesa, decidiamo quindi di recarci tutti insieme a conoscere il nuovo arrivato. Inoltre Clara ed i gemelli vogliono portare il loro saluto al vecchio parroco; sabato, infatti, sarà per gli uni e per l'altro il giorno dell'addio a Dörfli. Barbel ci riceve alla canonica facendoci entrare. I due parroci si stanno scambiando informazioni e suggerimenti nello studio, ma ci raggiungono in cucina, più adatta ad accoglierci tutti otto. Quando entra in cucina precedendo il suo successore, l'amico parroco è commosso nel vederci. Si dirige subito da babbo e gli stringe affettuosamente la mano: «Caro Peter, che bella sorpresa!». Il diavolo e l'acqua santa; è un rapporto d'amicizia davvero particolare il loro: babbo, praticamente ateo; il parroco un integerrimo uomo di religione. Eppure questo stesso rapporto a quanto mi dicono intercorreva tra il nonno ed il precedente parroco. Gli opposti che si attraggono. «Ci sei anche tu, mia piccola cara!» mi accoglie l'amico. Poi, rivolto al nuovo arrivato: «Lei è la nostra maestrina, di cui le parlavo».

Il nuovo parroco mi colpisce; direi pure che mi affascina se non temessi che le mie parole possano essere travisate. Mi colpisce più che altro la sua giovane età, abituata a vedere tanto a Dörfli quanto a Francoforte solo degli anziani nel ruolo di pastori di anime. Ha un volto pulito, il nuovo parroco; un portamento signorile ed un sorriso sincero. Una rigorosa e rigida capigliatura brizzolata stona con la sua età, ma gli dona al contempo una certa autorevolezza: «Onorato di poter fare la sua conoscenza, signorina maestra!» mi dice porgendomi la mano destra. Gliela stringo e con un leggero inchino alla maniera cittadina, gli rispondo: «Lieta di fare la sua conoscenza. Benvenuto a Dörfli!».

Ci sediamo al tavolo in cucina sul quale, nel frattempo, Barbel ha servito a ciascuno una tazza di tè. Il nuovo parroco piace. È brillante, educato ed elegante nei modi. Il vecchio parroco non nasconde un po' di tristezza per l'avvicinarsi dell'addio, ma si dice sollevato dal ritirarsi a vita più tranquilla, lasciando a persona fidata e degna le sue mansioni. Babbo e mamma gli assicurano la loro presenza sabato. Clara ed i gemelli scoprono che condivideranno con lui un tratto di viaggio assieme. Nonna chiede al parroco se le toppe alla sua giacca andassero bene. Il dottore, invece, si limita ad ascoltare: da uomo di scienza qual'è, è poco propenso alla compagnia dei religiosi.

Nella tarda mattinata prendiamo licenza dai parroci e ci separiamo. Io e mamma andiamo con Clara ed i gemelli alla casa in paese, dove la servitù ci preparerà un buon pranzetto. Babbo passa dagli Scheuermeier per vedere le gabbie dei conigli: ancora non ha preparato quelle che gli chiesi. Vuole quindi prendere spunto per costruirle. Nonna ed il dottore scendono a Maienfeld per acquisti.

Durante il pranzo, Clara insiste perché mamma le narri la storia che la portò a sposarsi con babbo. Solo dopo pranzo mamma acconsente al racconto, pressata dalla curiosità dell'amica, sostenuta nella sua richiesta da Albert e Katharina. Anch'io sono all'oscuro della faccenda, per cui l'ascolto volentieri: «Sapete bene che io e Peter ci conosciamo da moltissimi anni; quanti! Da quando a cinque anni fui portata sull'Alpe, evento che determinò questa mia vita. Facemmo subito amicizia ed il nostro rapporto ed i nostri comportamenti hanno oscillato a lungo tra quelli di due buoni fratelli e quelli di due ingenui innamoratini. Essere tutto il tempo dell'estate isolati sull'Alpe ci obbligò a diventare sempre più uniti, soprattutto dopo il mio ritorno da Francoforte. Seppi infatti allora di come Peter si fu adirato vedendomi partire per la città. Fu sempre a quel tempo che mi accorsi di come Peter fosse geloso nei miei riguardi». Questa è una storia nota a tutti, per cui mamma non entra nei particolari e non rinvanga della sedia a rotelle e dei comportamenti negativi di babbo.

«Ci volle però ancora qualche anno prima che cominciassimo ad accorgerci di essere innamorati l'una dell'altro. Inizialmente furono gli scherzi dei nostri compagni di scuola ad insinuarci quel dubbio. Ricordo ancora bene quella volta che, mentre in classe ci deridevano cantilenando "Heidi ama Peter; Peter ama Heidi", i nostri occhi si incontrarono. Invece di arrabbiarci con loro, fu come se ci fossimo resi conto di noi ed il tempo sembrò fermarsi in quel nostro sguardo». Katharina, avvezza a cogliere gli attimi nei suoi dipinti, non può fermarsi dall'esclamare: «Che bello, zia!». Mamma riprende, sorridendole: «A darci la conferma di quel dubbio insinuato fu invece il nonno. Capitò l'estate dell'arrivo di Engadina. Notai che Peter avanzava sempre più spesso il suo cibo». Prorompo io ridendo: «Cosa? Babbo che avanza il cibo?». Ridiamo avendo tutti ben presente l'intramontabile appetito di babbo. Mamma prosegue il ricordo: «Di fatto fu molto preoccupante vederlo inappetente. Se ne accorsero in poco tempo tutti quanti, ma fu il nonno ad intuirne la causa. Una sera verso l'ora di cena Peter tornò alla baita. Non ne rammento il motivo. Nonno lo invitò a mangiare con noi, ma vedendo che Peter non terminava le sue pietanze, prese a scrutarlo in volto. Poi gli disse: "Che ti prende, Generale? Non sarai mica

119

innamorato?". Peter lo guardò come fosse stato scoperto mentre rubava. Poi si alzò da tavola, mi guardò un attimo e fuggì dalla porta, imboccando in fretta la strada di casa».

«Nei giorni seguenti ci evitammo il più possibile, perché ogni volta che ci guardavamo o che accudendo le caprette le nostre mani si sfioravano, venivamo rapiti da repentine emozioni, rossori e palpitazioni mai provate prima. Timidissimo lui e ingenua al superlativo io. Ma avevamo ormai capito di esserci innamorati».

Clara, entusiasta del racconto di mamma, disse: «Poi, Heidi? Come continuò? Quando Peter chiese al nonno di potersi fidanzare con te?». «A dire il vero, non lo chiese mai. Fui io a dire al nonno che Peter ed io volevamo sposarci. Ma ci volle ancora un po' di tempo e voi dovrete avere ancora un po' di pazienza nell'ascoltarmi...» ci disse mamma continuando.

«Successivamente ai fatti esposti, Peter iniziò a farsi più gentile. Mi portava spesso dei piccoli regali: un mazzo di fiori, qualche legno che aveva intagliato con il suo coltellino a serramanico dandogli una certa anima; a volte ritornava alla baita, la sera a cena, portandomi un sacchettino con delle primizie raccolte apposta per me. A seconda della stagione in quel contenitore trovavo fragoline selvatiche, il pane del cardo, more, mirtilli, uva, castagne, funghi... Io ricambiavo come potevo offrendogli del cibo o confezionando delle ghirlande di fiori».

«Un torrido giorno d'agosto, l'estate successiva (io avevo già quindici anni), decidemmo di portare le capre sui prati accanto al lago. Come facemmo altre volte, ci denudammo dei vestiti per gettarci a nuotare in quelle fresche e ristoratrici acque. Ma quella volta successe che... beh, ecco... son cose che non si dovrebbero fare e... È per questo che non ho mai raccontato di me e Peter...» le parole di mamma erano colme d'imbarazzo, lo stesso imbarazzo compiaciuto che aleggiava sul volto di noi tutti. Ma il suo audace romanzo d'amore ricominciò: «Insomma, fu così che pochi mesi dopo ci sposammo, un matrimonio segretamente riparatore, consigliati dal senso pratico del nonno e di nonna Brigitte. Nessuno si accorse che ero incinta di Hannah».

Fu così che, nove mesi dopo quel piacevole peccato di giovinezza, nacqui io: Hannah, la figlia di Heidi.

ARRIVA L'INVERNO

Settembre giunge in fretta. Iniziano così i giorni della scuola. Sono felicissima di questo mio nuovo ruolo, anche se inizialmente debbo abituarmi ai diciassette frugoletti della mia aula. Si tratta di una pluriclasse; per far fronte cioè alle esigenze di scolarizzazione del paesello che non possiede né risorse economiche importanti, né tanto meno vanta un gran numero di bambini in età scolare, questi ultimi sono stati riuniti indipendentemente dall'età in un'unica sola classe. La mia difficoltà principale è pertanto gestire le diverse età con la relativa educazione. Ma dopo un paio di mesi utili alla reciproca conoscenza, finalmente ingraniamo il giusto ritmo.

I più grandicelli ora mi aiutano con i più piccoli. Hermann, il maggiore di tutti, nipote del fornaio, dimostra sempre buon senso pratico e mi aiuta con i piccoletti che hanno iniziato scuola quest'anno. Tra loro c'è anche suo fratello Robert. Oltretutto Hermann è il capo incontrastato del gruppo anche per via di un certo ascendente che ha su tutti. Quando lo incarico di assistermi ne è molto orgoglioso, si assume questa responsabilità e l'intera classe ne risente in maniera positiva. Quando invece, per qualche ragione, Hermann è poco sereno, mi ritrovo in poche ore ad avere l'intera aula in uno stato di anarchia, terribile da gestire.

Non parliamo dei primi quindici giorni! I piccoletti del primo e secondo anno non hanno mancato un giorno intonando per ore il loro coro di lamenti e pianti. Il distacco dalla famiglia che tre di loro in particolare ha sofferto, li portava ad alternarsi nell'avviare strilli e lacrime. In breve diventavano contagiosi per gli altri. Ho dovuto perciò ingegnarmi a distrarli, scoprendo il fascino che una fiaba ben raccontata ha nei confronti dei bambini, anche quelli più grandicelli. Una fatica simile (anche se in questo caso non c'è fiaba efficace), l'ho sperimentata in un'altra occasione, quando l'influenza si è impadronita di metà classe. In questo caso è intervenuto Albert, che in quei giorni ammalati era con me. Mi ha suggerito di lasciare a casa tutti i bambini per circa tre o cinque giorni, così da isolare meglio i soggetti sofferenti e contenere la trasmissione del virus.

Per buona sorte posso però rilassarmi una volta rientrata a casa. Dopo aver preparato la lezione per il giorno seguente, mi dedico alla cura degli animali: conigli, galline e capre. Babbo ha costruito le gabbie in legno di castagno, più resistente degli altri legni alle intemperie. Ha osservato quelle degli Scheuermeier, ma poi ha deciso di fare a modo suo adattandole nel pollaio ed al pollaio, che si è così trasformato in un microcosmo a più livelli. Le galline razzolano libere sull'aia, cercando ricovero nel pollaio solo la notte, quando si riposano sui posatoi in legno di ciliegio oppure per deporre le uova sulla paglia. A volte se piove particolarmente forte o ha nevicato abbondantemente, le galline non scendono dal loro ricovero ed anzi non posano nemmeno la zampa sulla scaletta che scende a terra. Babbo, per ripararle meglio dal freddo e dall'umidità, ha infatti costruito il pollaio su quattro pilastri sempre di legno che lo isolano dal terreno. Togliendo la scaletta mobile e chiudendo la porticina d'entrata, le galline sono anche maggiormente al riparo dagli animali selvatici, seppure difficilmente questi si avvicinino al paesello e ancor più raramente entrino nei cortili delle case. Babbo ha poi adattato due gabbie in legno per i conigli installandole sotto il pollaio. Maschio da una parte, femmina dall'altra. Mentre le gabbie per l'accrescimento dei cuccioli sono sui lati della corte, ben riparati dal vento e con una tettoia che li protegge da tutti gli agenti atmosferici che possano loro nuocere. La stalla per le caprette è in un angolo, vicino al fieno. Babbo ha deciso di lasciare a me in paese Piccolo Cigno e Bruna, mentre lui e mamma all'Alpe si occupano di Turchina e Piccolo Orso. In questo modo il fieno che babbo ricava dai prati sull'Alpe e che ancora immagazzina di sopra nella baita (ha promesso a mamma che, finalmente, in primavera costruirà il fienile), basta per l'inverno alle due caprette lassù. Mentre il fieno necessario alle mie capre, babbo se l'è guadagnato aiutando alcuni vicini nello sfalcio dei loro terreni. Dal prossimo anno anche Albert lo aiuterà, pur non avendo mai imbracciato una falce in vita sua. Mi rilassa occuparmi degli animali, ma avendo poco tempo a disposizione a causa del lavoro a scuola, me ne occupo una volta al giorno, nel pomeriggio; salvo raccogliere le uova che amo bere fresche al mattino, prima delle lezioni. Mi è rimasto però pochissimo tempo per scrivere. Principalmente scrivo la domenica, quando non mi raggiunge Albert o se non posso salire alla baita per controllare che mamma e babbo stiano bene. C'è da dire che anche loro come nonna Brigitte sono avvezzi al freddo ed alla montagna. Li trovo sempre tranquilli ed indaffarati in mille faccende. Babbo (che mamma ha messo al corrente della sua gravidanza), si preoccupa

124

molto per lei e le evita quanto più possibile ogni fatica. Gli sbalzi d'umore cui mamma era soggetta al principio della gestazione sono scomparsi e lei è tornata la donna solare di sempre, con gran gioia del babbo. Anche nonna se la sta passando bene, grazie alla legna che babbo le ha procurato mentre Battista si occupava quest'estate delle caprette. Devo però dire che la nonna soffre molto l'inverno negli ultimi anni. S'incupisce e pare quasi che la sua attività mentale si raffreddi col venir meno della temperatura. Solo le visite che riceve la rinfrancano e le alleviano il morso del gelo. Il dottore l'ha notato subito, perciò viene a farle visita qualche giorno verso Natale, nonostante lui tema e mal sopporti il freddo. Ha iniziato a fare opera di persuasione per portarla a Francoforte, considerato che sta lasciando l'impegno dell'ambulatorio. Nonna però non ci sente, così il dottore ha ritrattato pregandola di spostarsi là, nella sua confortevole casa, almeno in inverno. Babbo, mamma ed io dubitiamo però che la nonna capitoli alle richieste del suo eterno fidanzato.

Giù al paesello, invece, ce la caviamo bene anche d'inverno. Beh... non sempre benissimo a dire il vero: a gennaio, infatti, la stufa che utilizzavamo per scaldare l'aula durante le lezioni si ruppe, divenendo inutilizzabile. Mi rivolsi perciò al parroco e lui alla pubblica amministrazione proprietaria dei locali della scuola. Dopo una settimana, stanca di far sopportare il freddo ai miei alunni, decisi di sospendere di mia iniziativa le lezioni. La domenica mi raggiunse Albert e mi sfogai con lui: «Il parroco aspetta i soldi dai proprietari, che invece la tirano per le lunghe sperando così che si decida lui ad acquistare la stufa per la scuola. Morale, quei poveri bimbi dovrebbero gelare ed ammalarsi per l'idiozia della burocrazia!».

Trascorse un'altra settimana. Stavo discutendo con il parroco (la cui gioventù manca d'arte e d'esperienza per affrontare con successo il problema), quando venne consegnata una nuova stufa. Era un dono alla scuola da parte del signor Sesemann che, reso partecipe da Albert della questione, da Francoforte dispose l'acquisto e la spedizione del suo speciale dono. Un biglietto l'accompagnava: "Faccio dono di questa stufa ai bambini della scuola, che resteranno gli unici proprietari della stessa. Nessun diritto potranno disporre su di essa né la parrocchia, né il comune, i quali hanno già ampiamente dimostrato la loro incapacità nel gestire simili quisquilie". Il signor Sesemann fu categorico in quel biglietto e vidi il volto del parroco impallidire per la vergogna mentre leggeva quel biglietto ad alta voce. Il mio futuro suocero, rientrato a Francoforte dal suo finale viaggio di lavoro, si era impegnato appassionatamente nelle vicende cittadine, da cui forse aveva già appreso quel piglio severo e risolutivo.

La scuola poté così ricominciare, con il contento degli adulti ed il malcontento degli alunni. Tra questi infelici, anche il nostro Battista, alle prese con i rudimenti di lingua e matematica. Non fosse stato per l'intervento di mamma, i suoi genitori non l'avrebbero nemmeno mandato a scuola. Mamma, però, obbligò babbo a imporre alla famiglia di Battista, condizione in cambio del lavoro di pastore, la frequentazione della scuola: «Non vorrai lasciarlo un asino com'eri tu fino a dodici anni!» lo apostrofò mamma. Babbo dovette obbedirle.

Se non amo molto i bambini più grandicelli che si fanno più intraprendenti, disobbedienti e, a volte, pure gradassi (quando non hanno ricevuto una buona educazione dai propri genitori), adoro invece i bimbi più piccoli, come la sorellina di Battista. Li trovo buffissimi con i loro dentini dondolanti ed i loro simpatici sorrisi, bucati qua e là da qualche finestrella lasciata aperta dalla perdita di un dente da latte. Anche se nell'insegnamento sono imparziale, nutro però delle simpatie per questo o quello, conquistata dal loro aspetto gracile e dal comportamento dolce e docile. Alexander, ad esempio, oltre al sorriso sdentato possiede una magrezza infinita che stride con la sua folta e arruffata capigliatura riccia. Anche Agathe mi risultava simpatica per l'abbondanza di capelli, mai pettinati. Mi risultava, perché quando la madre sorprese quegli antipatici insettini a deporre le uova nella sua chioma, decise drasticamente di raparla a zero, sostituendo i capelli con una berretta di lana. Perciò scoprii l'espressività degli enormi occhioni neri di Agathe, indice che lei mi mostra per apprezzare o disapprovare l'attività che di volta in volta le propongo. Tra i bimbi più paffutelli della classe ce ne sono due a colpirmi. Johanna, la figlia del bottaio, le cui rotonde membra sono addolcite da modi educati e capigliatura corta, accompagnata da un piccolo orecchino pendente dal lobo destro. L'altro paffutello è un gran antipatico, Michael. Ha appena compiuto nove anni ma ha l'insolenza di un fanciullo, forse perché passa il suo tempo tra i tavoli dei clienti dei suoi genitori, presso la locanda. Alto e magro è invece Friedrich. Il povero bambino è stato strappato dalla casa dei genitori di Bad

Ragaz, in quanto questi lo maltrattavano. In particolare il padre pare lo picchiasse quando rientrava a casa ubriaco. I nonni materni di Dörfli se ne sono fatti carico e Friedrich ora sta meglio. È benvoluto dai compagni, ma devo tenerlo un po' d'occhio perché facilmente viene alle mani, se qualcuno litiga con lui.

Tra le bambine la più carina è Susanne. Il padre morì lo scorso anno lavorando in Francia come minatore. La sua famiglia, caduta in disgrazia e non riuscendo più a provvedere a sé stessa, aveva deciso di farla lavorare a Maienfeld come cameriera. A salvare la bambina di dieci anni da un ignobile futuro fu l'intervento del parroco; l'osteria di Maienfeld è infatti una bettola di malaffare con una clientela che sembra selezionata tra i peggiori delinquenti e scansafatiche della zona. Quando il parroco seppe la cosa (ed in questo caso Barbel è da ringraziare), egli riuscì a convincere la madre di Susanne a mandarla ancora a scuola, facendola lavorare solo due o tre ore nel pomeriggio. Poi il parroco (lo sapemmo dalla solita Barbel), si recò all'osteria, entrando deciso nel locale tra gli sberleffi dei presenti che cessarono quando il giovane parroco si avvicinò al bancone. Egli infatti si sedette e mise sul banco alcuni proiettili del suo fucile da caccia a retrocarica (il parroco si è già dimostrato un buon tiratore). Nel silenzio generale invitò l'oste ad avvicinarsi e, dopo essersi schiarito la voce, gli disse: «Ti affido Susanne, abbi cura di lei e salvaguarda la sua buona condotta. Se le succedesse qualcosa, non sia mai, questa prima pallottola sarà per la tua testa; questa seconda per chi le avrà fatto del male e questa terza per me, per punirmi di essermi affidato al tuo buon cuore». L'oste deglutì per paura ed emozione, annuendo con un convinto cenno del capo. Il parroco ripose in tasca le sue pallottole e si diresse all'uscita, tra gli sguardi rispettosi degli astanti. Fino ad oggi, tutto bene. Il primo sole caldo di fine febbraio sembra un anticipo di primavera. Essendo venerdì e non avendo lezioni da preparare per domani, dopo aver dato il fieno alle capre ed ai conigli e dopo avere munto Bruna, lasciando poi terminare l'opera al pezzato cucciolo, salgo all'Alpe. Passo dapprima da nonna Brigitte, contenta di vedermi e di ricevere l'ultima lettera inviatale dal dottore. Da parte di nonna non ci sono eclatanti novità, così mi chiede dei miei alunni, di cui le parlo volentieri. Un'ora dopo sono alla baita. La neve è quasi sparita del tutto, ma c'è molta acqua ovunque, segno che la calda giornata di oggi ha contribuito a scioglierla. Babbo è fuori: il vecchio tetto della cantina non ha retto il peso della neve e babbo sta sostituendo le assi rotte. Lo saluto, ma è preso dalla sua occupazione e vuole finire la riparazione prima che faccia buio. Entro così da mamma: «Che panciona ti è venuta!» le dico con spontaneità quando mi si avvicina. Mamma annuisce: «Diventerò una botte come quando aspettavo te!». Le consegno la lettera di Clara appena giunta e le racconto i fatti recenti: Albert che procede con successo negli studi; i miei alunni; la nascita di una nidiata di otto coniglietti. Il pezzo forte della nostra chiacchierata è Katharina: «È partita settimana scorsa per l'Austria. Raggiungerà prima il suo Ludwig a Verona, dove è stato chiamato per un concerto. In seguito andranno assieme da lui, dove Katharina si fermerà un paio di mesi. Mi ha detto Albert che è passata a Zurigo per salutarlo e gli ha detto che forse questa è la volta buona!». «Cioè?» chiede chiarimenti mamma. Le rispondo: «Cioè sembra che Ludwig voglia chiederle di sposarlo! Almeno così suppone Katharina». «Oh, che bello!».

Mamma m'invita a rimanere alla baita per cena e per la notte. Accetto. Mamma perciò si alza e fa per uscire ad accudire le capre, ma la blocco immediatamente per sostituirla: «Mamma, è tempo che ti riguardi un po' di più!». A cena insisto sull'argomento: «Babbo, ora devi avere maggiore cura per tua moglie! Appena gli impegni scolastici me lo permetteranno, mi occuperò io di lei, ma fino ad allora devi pensarci tu!». Babbo non può far altro che darmi ragione.

La notte ci avvolge col suo freddo mantello, illuminato dalla luna piena. Ci corichiamo al tepore delle pesanti coperte.

NASCITA ALL'ALPE

Amo il mese di marzo. La natura si risveglia timidamente dal torpore dell'inverno allungando le sue membra intirizzite al tepore di un ridente sole. I fiori, al paesello e sull'Alpe, sbucano ovunque, rubando gradualmente il prato agli ultimi ammassi di neve, il cui destino è definitivamente segnato dalle piogge di questo mese pazzerello. Come un'invasione ben diretta da un valoroso ed assennato comandante, un'orda gentile di cromatiche essenze, la primavera, assale senza versare sangue il lussureggiante verde del prato, che ha ripreso a crescere. Un alito di vita aleggia tra i boschi, carezzando fino a svegliarli gli esseri viventi che abitano quegli indomiti luoghi. Ogni essere, che sia insetto, animale o albero, viene scosso dal nuovo e sempiterno fremito di vita che accompagna la stagione del risveglio. Non sempre il letargo invernale è lasciato dolcemente sfuggire: talvolta la rinascita è improvvisa e brusca, tal'altra persino dolorosa. È il caso dell'Alpe, laddove non siamo troppo in alto per poter parlare di nevi perenni e ghiacciai, né troppo in basso perché la neve scompaia gradualmente baciata dal sole. È il caso dei luoghi dove la neve s'ammassa ingente, ma cede esausta al repentino calore del sole che ne fa slavina rovinosa e possente. Allora un tonfo raggela per un istante l'aria tiepida, violandola col suo finto fumo di particelle ghiacciate, seguito da un breve momento di sospensione, pesante assassino silente della vita primaverile.

Ma una nuova controffensiva si rianima più viva che mai nel genio di quel valoroso condottiero che è la primavera: un nuovo alleato pregno d'altro calore, l'amore, si affianca a quell'energica quanto pacifica schiera di vivacità. Sì, amo proprio il mese di marzo... Quest'oggi, tra questo fulgore di vita, salgo alla baita dopo la scuola. Ieri è sceso babbo per salutarmi e mi ha detto che probabilmente Turchina partorirà in giornata. Faccio in effetti giusto in tempo ad arrivare, mentre Turchina si sta sgravando di due delicati capretti. Non c'è bisogno di assisterla: il parto avviene senza grosse difficoltà per lei. Non così per uno dei due capretti. Subito dopo la nascita, il primo capretto si erge subito sulle zampe. Un paio di cadute rituali ed è pronto in fretta a barcollare i suoi primi passi, alla ricerca istintiva delle mammelle di Turchina, da cui suggere quel primo latte che gli darà la forza necessaria e le prime energie per affrontare la vita. Il suo gemellino, invece, fatica a rialzarsi. Le zampe posteriori sono già impostate; ritte e rigide sostengono il suo corpo a metà. La zampa anteriore destra si spiega con lentezza, ma senza grosse difficoltà innalza un altro buon quarto del capretto. Babbo, mamma ed io assistiamo con ansia e trepidazione a questo momento in grado di emozionarci ogni volta, nonostante siano ormai molti i capretti levatisi dopo la nascita dinnanzi ai nostri occhi.

«Ancora un piccolo sforzo - lo esorta mamma - l'ultima zampetta e poi t'aspetta in premio il tuo primo latte!». Passa però un minuto e la zampetta non si distende malgrado gli sforzi del capretto. Fingiamo che ci voglia un attimo in più, seppure l'esperienza maturata negli anni ci abbia insegnato a comprendere subito quando qualcosa non funziona. «Insisti, che ce la fai!» lo incito io. Il capretto intensifica i suoi sforzi, evidenziati dai belati e dall'inquietudine che Turchina sta dimostrando. Trascorrono altri minuti ed il capretto si accascia stremato: non ce la fa. Turchina gli si avvicina, permettendogli così di poppare e riacquistare le forze. Noi attendiamo muti e rattristati. Babbo lascia che il capretto termini di succhiare il suo latte, poi gli s'avvicina per un ultimo tentativo: in piedi a cavalcioni sopra di esso, lo solleva prendendolo ai fianchi. Lo mette ritto sulle quattro zampe, ma come allenta la presa, il capretto crolla sul suo debole arto, incapace di reggersi. Un'estrema, ultimissima prova, conferma tristemente il sospetto che qualche cosa non va come dovrebbe. Babbo avvicina allora l'infermo animale a Turchina, così che ne abbia cura. Usciamo dalla stalla rammaricati e mogi.

Nei giorni successivi scendo a Maienfeld, incaricata dal babbo di pregare il veterinario perché visiti il capretto. Alle mie spiegazioni il veterinario non ha alcun dubbio e reputa inutile affrontare così tanta strada per una diagnosi che è sicuro di poter già accertare. Infatti, egli ritiene che il capretto nascendo si sia lesionato i nervi del collo, cosa che avviene con una certa frequenza nei parti. La zona lesa gli impedisce di usufruire della zampa: «Non c'è purtroppo rimedio, ahi noi! Trattandosi di un maschietto, comunque, non è poi un danno così grave. Dammi retta: macellatelo tra qualche mese e fatevi una bella mangiata!».

L'indomani riferisco a babbo la diagnosi del veterinario. Babbo, a malincuore, ne prende atto. Senza conoscere i termini medici, conosceva però il problema avendolo già osservato più volte nella sua lunga pratica di pastore. Suona un po' come una sconfitta non poter far nulla per gli animali di cui ti prendi cura. Una delusione, una sorta di tradimento nei loro confronti perché il rapporto d'amore e morte tra l'allevatore e le sue bestie è simbiotico. Egli si prende cura di loro trattandoli il meglio possibile nell'arco di tempo della loro vita che sarà lunga o corta secondo quanto la sua necessità dovrà dettare. Loro si prenderanno cura di lui, ricambiando le sue attenzioni con la loro stessa vita, che diverrà il suo nutrimento. Purtroppo, allo stato brado, il nostro capretto sarebbe destinato a morte certa, probabilmente sbranato da una volpe o da qualsiasi altra fiera, visto che la madre lo abbandonerebbe al suo destino per tutelare sé stessa e il capretto sano. Nella sua sventura (di essere cioè malato ma in cattività), invece, le amorevoli cure di babbo gli procureranno il dovuto sostentamento per qualche mese, finché la madre abbandonerà la stalla a favore del pascolo.

L'accaduto induce babbo a preoccuparsi maggiormente di mamma, timoroso che non le succeda nulla nella fase conclusiva della sua gravidanza ed al momento del parto. In aprile sorgono perciò frequentemente delle accanite e spesso pure agguerrite discussioni fra i due. Mamma è determinata a partorire da sola su alla baita per coronare il suo sogno di mettere al mondo il nascituro in quel luogo per lei così magico (io nacqui in casa qui al paesello). Babbo, per contro, vorrebbe che mamma si trasferisse da me a Dörfli, così da poter più facilmente coinvolgere la levatrice. Io sarò comunque a disposizione in un caso o nell'altro.

Aprile se ne va e finalmente giunge maggio. Con i bambini a scuola abbiamo preparato tre canti, che domenica dopo la funzione rechiamo in un festoso gruppo di casa in casa: «Siam venuti a cantar maggio alle vostre case belle...» canta la nostra allegra maggiolata. E continua: «Ecco maggio, quel bel mese che rallegra tutti i cuor, fa fiorire tutti gli alberi, ecco maggio dai bei fior!». Al paesello sono tutti contenti di sentirci cantare e premiano i bimbi con qualche frutto e con qualche dolce, leccornie che ho il compito di raccogliere e distribuire equamente domani a scuola. Gli adulti di Dörfli sono lieti di festeggiare l'arrivo di maggio e della bella stagione. Tanto che alcuni di loro si uniscono volentieri al nostro gruppo. Tra gli altri anche il vecchio Verdi, che ci accompagna con il suo organetto finché, tornati in piazza, esortato da Albert, esegue dei ritmi di danza. La maggiolata si trasforma così rapidamente in una festa, cui partecipa ballando quasi l'intero paesello.

Il giorno dopo sto ancora distribuendo quelle infinite golosità ai bimbi quando irrompe in classe babbo, in evidente stato d'eccitazione: «Heidi ha iniziato il travaglio! Scendo a Maienfeld a chiamare la levatrice; ho già avvisato nonna che è salita alla baita con Barbel; era lì con lei». Babbo non mi lascia il tempo di replicare che ha già imboccato il sentiero per Maienfeld. Prego allora Hermann di mantenere l'ordine in classe: «Sta nascendo il mio fratellino o sorellina. Salgo all'Alpe da mamma Heidi. Avviso il parroco di prendere il mio posto per oggi. Aspettatelo! Comportatevi bene, mi raccomando!». I bambini tentano di farmi mille domande, mentre Hermann ordina loro il silenzio. Io li ignoro e passo dal parroco che mi sostituisce di buon grado. Mentre lo sto informando sulla soglia della canonica, passano la signora Scheuermeier e la signora Schmidt: «Abbiamo capito bene? Heidi sta partorendo?». Confermo e le donne decidono sui due piedi di salire con me alla baita. Solidarietà femminile.

Arriviamo quasi in contemporanea con babbo: «La levatrice non c'era. Che corsa ho fatto!» dice arrancando. La signora Scheuermeier gli risponde: «Non preoccuparti, siamo qui noi. Tu siediti e recupera le tue energie. Ci prenderemo cura noi di Heidi!». Entriamo nella baita e stiamo per salire di sopra, quando ci anticipa un vagito: io e babbo superiamo allora le due signore e saliamo di corsa le scale. Incontriamo nonna e Barbel che si stanno dirigendo dabbasso con catini e lenzuola: «Con calma, figlioli! È un bel maschietto!» dice nonna. Mamma è sdraiata con in braccio il frutto della sua recente fatica. Vedendola molto provata le domando: «È andato tutto bene, mamma?». Mi risponde mentre mostra la sua creatura a babbo, avvicinatosi per baciare i suoi tesori: «Sì. I bimbi nascono da soli, lo sai!».

Babbo si siede accanto a mamma sul letto, prendendo in braccio il neonato. Io li osservo coinvolta e felice, mentre alle nostre spalle si affacciano incuriosite le quattro donne. Poi mamma mi invita ad avvicinarmi e mi porge tra le braccia tremanti e commosse il mio indifeso fratellino. Piango di contentezza attorniata da quella complice e compiaciuta atmosfera.

Fu così che nacque anche Martin, mio fratello, il figlio di Heidi e Peter. Ma questa... beh; questa è un'altra storia!

Note d'Autore

Biografia

Nato a Bergamo il 07 maggio 1973, dal 2013 Marino Curnis si è trasferito in Sardegna con la sua famiglia per vivere una vita semplice in campagna all'insegna dell'autosussistenza. Un mondo idilliaco ed ideale dai ritmi lenti, senza l'esperienza del quale non avrebbe forse concepito questo romanzo. Con la famiglia gestisce anche il Bed and Breakfast Su Foghile.

Oltre diecimila chilometri nelle gambe (il Cammino di Santiago; Eurasia Pedibus Calcantibus, da Bergamo all'Iran; il Circuito dell'Annapurna in Nepal; Leonardo 1516, da Roma ad Amboise) ed i suoi molteplici interessi (musica, poesia, scrittura, viaggio, pittura, fotografia, artigianato, storia, archeologia, lingue...) continuano a spronare Marino alla curiosità. La curiosità insinua il dubbio e sprona a conoscere. Istiga l'esperienza. E l'esperienza si fa scrittura...

Bibliografia

Esploratore Involontario, Lupo&SoleEdizioni, 2003.
Il Sogno Calpestato, Tera Mata, 2008.
ORME-Visioni&Poesia di un Viaggiatore, Lupo&SoleEdizioni, 2008.
Il Circuito dell'Annapurna, Lupo&SoleEdizioni, 2009.
Amor ch'ha nullo amato amar perdona, Lupo&SoleEdizioni, 2009.
XIX, poesie in tre lingue, Lupo&SoleEdizioni, 2009.
Il Codice Aramaico - Il Vangelo dei due Messia,
Lupo&SoleEdizioni, 2014.
Torniamo a Giocare - Novanta e più Giochi Antichi e Nuovi per
tornare a giocare, Lupo&SoleEdizioni, 2015.
Mamme e Cuccioli (Stella Stellina), Lupo&SoleEdizioni, 2015.
Karina e Karano, Lupo&SoleEdizioni, 2015.
Giochiamo a DADI, Lupo&SoleEdizioni, 2015.
Raccolta delle lettere a Leonardo da Vinci custodite nel Castello
Reale di Amboise, Lupo&SoleEdizioni, 2017.
Il cammino di Leonardo da Vinci, Lupo&SoleEdizioni, 2017.
Itinerari Leonardeschi, Lupo&SoleEdizioni, 2017.

>>> Tutti i libri di Marino Curnis sono disponibili su Amazon <<<

Contatti

marinocurnis.altervista.org
sufoghile.altervista.org

Marino è anche su Facebook

Indice

Copertina: "La figlia di Heidi", illustrazione di Marino Curnis.

Made in the USA
Middletown, DE
13 November 2022

14920957R00085